佛系推理

余家強 著

目錄

序

余家強的小說集《佛系推理》即將出版，要我作序。自退休後，有更多的同行同事學生要我為他們的著作寫序，儼然成了寫序的專業戶。這對像我這種著作不多的人，總覺有點諷刺，尤其有時所寫的並非我最專業的範疇，像文學創作之類，總有點唐突冒昧的感覺，這個序裏所說的，如果有不在行的地方，還請家強和讀者見諒。

但余家強的要求我難以拒絕。我們有三十年情誼，他在中大中文系就讀，但眾所周知，中大的校友，對書院的歸屬感比對大學強烈，我們就有這一層的關係，都是畢業於聯合書院。細閱小說，中大、聯合生活的影子無處不在，我們有不少共同的校園生活經歷，所以小說看得開心，這是我必須寫序的第一個理由。

我知道畢業後，家強大部分時間從事傳媒工作，但大家都忙，沒有聚首傾談近況的機會，他負責的範圍、他的職級，我都不太了解，只能通過和他熟悉的同學略知一二。但近年來，可能是工作的變動，他更多的走到幕前來，成了一位專欄作家。對於他的近況、他的所感所思，有了較多的了解。在他的文章中，偶或會提及之前的老師，他都客氣的稱為「恩師」，這點，讓我們作為教書的，深感欣慰。對於念舊的舊生的這一點請求，又有什麼拒絕的理由呢，這是我寫序的第二個理由。

香港文壇情況，我一向有參與和關心。例如香港報刊的連載小說的式微，便是一個很重要的文學現象，樹仁大學新聞系賴宇曼的碩士論文〈香港報章連載小說之死〉，對此有深入精闢的論述。現在家強的這本書，首先在《信報》的《小說港》連載，而形式和舊的連載小說又有不同，這是不是發表小說的一種新形式，值得關注。我尤其受家強書中前言〈我想寫小說〉所感動，這篇文章，有如近年香港的小說史，談武俠小說、談網絡小說，談前輩、談新進，寫得十分精采而富感情。前面提到劉以鬯，我不由得想起七十年代我和他一起出任「青年文學獎」的往事，而家強正是若干年後青年文學獎的得獎人，並因此而奠定他日後走文字之路、文學之路，書中附錄了這篇「少作」，特別有意義。作為一個資深傳媒人，家強和他的採訪對象，居然可以成為朋友，如林燕妮，以及一些明星演員，可見家強為人的成功。總之，我和他都活動在香港的文學界，他寫的東西都是我所關心的，這是我為他寫序的理由之三。

書中的各篇小說，除個別如〈沒齒難忘〉寫一九五七年的一單命案外，基本上都是以中大的校園生活為背景的，而且有三個主要的人物，即攻讀護理學的「護生」，讀宗教的「小宗」，主角則是無顯示所讀學系的「佛狸」，他自稱「佛系」，所以名叫「佛狸」。中大同學對校內流傳的鬼故事一向熱衷，很多新同學總愛問中大有什麼鬼古。聯合書院在馬料水是後來者，新校園未聽過新故事，倒是在般含道的舊址原是二戰時日軍的憲兵部，地廬用來囚禁犯人，校舍則用來作學生休息室，那裏陰陰涼涼，逾半尺厚的木門，有點陰森可怖。再加上有一次在把神經病院那邊的一塊爛地闢作足球球門時，掘出幾副骸骨，也很嚇人。在中大，如書中提到的一條辮子路，位於崇基學院；書院怪婆婆是新亞書院的，但都是中大人的集體記憶。書中要寫的主要是這種懷舊的情緒吧，所以，即使書中的故事有推理小說的元素，但家強說「推理真難寫」，「我畢竟寄託自己青蔥歲月在內而已」（〈不是後記〉）。所以，家強在本書的寫作意圖，即使安排在大學這樣一個知識人密集的環境，還有宗教系學生和「佛狸」這樣的人物，內容又有一些生生死死，可能另含一些哲理，有更高的主題，這方面讀者不妨見仁見智，另有會心。而我作為和作者的同路人，則更愛看他寫的那些昔日的中大生活。

就這一方面，我想多說幾句，考證一些事實，提出一些要求，供作者和讀者參考。例如，書中的一些敘述，明顯超出聯合書院，也超出家強讀書的年代，宗教系只設在崇基，其他書院沒有，而說中大最小的宿舍，也指中大成立前崇基早期的設置。至於寫修女出任舍監，倒是聯合書院獨有的。聯合書院蒙耶穌會捐建湯若望宿舍，訂明由該會神父修女做舍監若干年，女宿舍由修女負責，但最後一任的德樂施（Sr. Rose Duchesne Debredt）修女到一九八五年已離任。反而男舍監冀世安（Fr. Ciaran F. Kane）一直做了二十多年，到一九九四年退休，他和家強就有交集。湯宿特別值得一記，是因為它每周日早上的彌撒，是中大的唯一，和崇基的基督教不同，後來還吸引了一批外傭來參加。

說到懷舊，我覺得可以作為一種氣氛來處理。短篇小說可以有精密的情節，巧妙的結構，以故事性來取勝，但也可以表現高超的文字技巧，營造感人的氣氛，來感染讀者，這一點，有人稱之為小說的詩意。古典小說中，有唐傳奇的〈鶯鶯傳〉，寫得哀怨纏綿、溫柔敦厚、怨而不怒。有白話短篇的〈杜十娘怒沉百寶箱〉，把全篇小說安排在一種壓抑的氛圍下，充斥着悲劇色彩，惹人淚下。現代小說則如魯迅的〈祝福〉，反映了作者當時的「淡淡的哀愁」。而白先勇的〈冬夜〉寫得溫文爾雅，一片無奈，等等，都是例子。我想這部小說在寫舊情緒方面，有幾點還可以注意。一是時代的掌握。小說人物提到的影星，有著名的柯德莉夏萍，她巔峰時代是六十年代，成名時家強應未出世。至於小說的下限，應是「佛系」這個潮語的應用。網上說它二〇一四年出自日本，但二〇一七年在香港流行。這就使像我這種老讀者，在感受小說的懷舊氣氛時打了一點折扣，受了一點影響，覺得時間拖得太長，難以把握，欠缺明顯的時代色彩。

同樣有影響的，還有詞語的應用。香港是粵語區，書面語混入粵語詞，所在多有，這可以增加地方色彩和生活色彩，值得這樣做。像書中把「這堂課」簡化為「今堂」，我覺得就很好。但另一個地方出現了一個「仨」字，就有點怪。「仨」和「倆」是北方方言，通過音變，表示「三個」和「倆個」，粵語無音變，「仨」還是讀「三」，就無效果可言。「仨」因為楊絳的《我們仨》而廣為讀者認識，在香港書面上經常見到，但看起來和粵語的背景有點不統一。就像香港報刊上把子女稱為「囝囝」和「囡囡」一樣，純是書面的使用，不表示口語，感覺是格格不入。

以上所說，只是個別詞語的討論，無損本書其他方面的優點。讀者或更早在連載時已看過本書一些故事的，一定會同意我的話。我作為成書後的最早讀者，樂於把它推薦給聯合書院的同學們、中文大學的校友們，以至香港及各地的讀者。

是為序。

香港中文大學中國語言及文學系
張雙慶教授
二〇一九年十一月於香港

前言——我想寫小說

因為金庸走了，我想寫小說。

並非什麼大野心，亦不只關金庸事，也關劉以鬯（歿於二〇一八年六月）事、關林燕妮（歿於二〇一八年五月）事、關黃易（歿於二〇一七年四月）事，急管繁絃，催逼着一個年代的終結。

那是一個在報紙寫小說，進而可以創業問政，可以永遠文青，可以衣香鬢影，可以離島隱居的年代。各自各精采，多麼令人神往。

用年代來形容，其實有語病。我始終深信，講故事是人類本能，不會局限於某段時間才流行。沒發明視聽科技前，故事載體靠文字，即使來到現在手機橫行，不見得擅長用聲光影畫表情達意，而文字，至少我們受過十幾年學校訓練，既然可以人人拍片，為何不可以人人寫小說？

而且不受制於器材和場合，隨時隨地在腦海起稿，沒有比它更方便了。

但現實是，香港仍見新小說出版，但報章連載基本上式微。奇怪吧，常說救救紙媒，何不向這方面想想？連載，一種微妙的形式，既復古又前衛，未有互聯網，作家與受眾也能互動。相傳，金庸一邊寫《神鵰俠侶》一邊接獲讀者反映意見，終於放棄「處死」小龍女。我說它微妙，因為那種互動不像互聯網討論區七嘴八舌、潑婦罵街，一切來得悠然。悠然，正是光速追不回的。

當然，金庸的連載早已隨着一九七二年《鹿鼎記》刊完而結束；黃易大嶼山閉門謝客日爬萬字，本來最具實力把這形式延續下去，哀哉英年早逝，他的《天地明環》隨之中斷，惹來擁躉競猜結局（Charles Dickens 遺作 *The Mystery of Edwin Drood* 情況近似）。連載好玩在不穩定，並非對亡者不敬，而是人生正正如此。

我人生第一篇兼至今唯一發表過的小說——當年作為第十九屆青年文學獎冠軍刊登於報紙，可惜算不上真連載，只不過事先完成和通過評審（而且在諸獲選作品中最短），斬件三日上碟而已。

真正的連載應該像梁羽生，他的處女作《龍虎鬥京華》，乃因一九五四年一月澳門舉行擂目的擂台比武，總編輯囑他急寫些東西應應景，翌日，嚴格意義上的香港首部武俠小說由此問世，最後敷演成長篇，名副其實見步行步，原關天數。

羽公歿於二〇〇九年。我城傲視全球華文界的大師凋謝殆盡，能不興後繼無人之嘆？香港做不成科技港、中藥港等大白象工程，卻曾經貨真價實做過小說港——除了上述已故諸君子，還有倪匡兄妹、談鬼的張宇、言情的岑凱倫等等，又孕育「外地人」如張愛玲、古龍、溫瑞安的青葱歲月（曾經居港），出口小說猶如貿易，彈丸之地行銷二十億華人心靈，豈非世界文學史和經濟史奇蹟？

小說港的地位，讓了給閱文（股票代號772），但你看，人家仍跑來香港上市。金融財技我不懂，我卻相信，創作最好有自由的土壤，所以該集團感應到吧。

香港一息尚存為何不寫？

我對網絡小說沒成見，上文說梁羽生「見步行步」更不含貶意，在互聯網吸引追看然後收費，與傳統賺取潤筆、寫得好獲加稿酬、寫不好被叫停，本質上無分別，而且有效率、流傳廣得多。我介意在類型。

聽過「總裁小說」嗎？以大公司總裁為引子，極盡渲染其風流軼事，俏秘書、女助手輪流登場，文筆流暢能連篇累牘沒完沒了，反正沒故事發展可言，它無意圖仿效《金瓶梅》諷刺，乾脆只是讓讀者代入去快活；但你試以關鍵詞搜尋，「總裁」竟算一種類型！在內地小說網自成體系。我並非對個別作品的尺度作電檢式審查，而是整體夠無聊透頂，且公然大批大批獲追捧，便屬於品味問題了。

內容固不妨百花齊放，但品味總有高低之別。內地又流行所謂「修仙小說」、「帝后小說」，兩者色情成分未必像「總裁小說」濃，同樣惹厭——不外滑頭小子吃了仙丹戰無不勝名利雙收，以及滿足男女讀者做皇帝皇后為所欲為，重點是不費吹灰之力，主角一人獨尊。活脱脱一孩政策、暴發戶的精神產物。原來，內地權貴橫行到一個地步，已令百姓並非期待志士來伸張正義，反而幻想自己變成權貴去意淫一番。

信我，《射鵰英雄傳》若寫於今日大陸，會由官二代楊康當男一，兼且巧取豪奪，娶齊諸女角才心滿意足，與先賢們建構的俠義勵志江湖大相逕庭。評論家說金庸貢獻了形式文學，劉以鬯貢獻了文學形式；上述網絡小説算哪門子形式？

香港一息尚存為何不寫？

並不非要寫武俠小説不可，而是寫些稍稍正常、稍稍合乎戲劇原理的東西也好。小說不應設限，更不必文以載道，但面對太乖戾的歪風，有需要展示一下何謂品味，像希望同胞與普世價值觀接軌一樣。

再談談金庸。

朋友問，文本不可能有新作了，那些多媒體改編、角色扮演電玩會流行下去嗎？我覺得會，正如時下青年還有多少接觸《三國演義》呢？都是經日本 KOEI 等遊戲廠商認識三國故事的。金庸在逝世四十多年前已一早封筆，X世代怕書，你看傳媒關於他的集體回憶，着眼於搬上銀幕次數，畫面則是古天樂、劉亦菲等明星古裝造型比拼，甚至列出經典對白竟來自影劇而非原著（例如「有人的地方就有江湖」），原來，金庸也漸漸像《三國演義》，聽過和看過的多，真正讀過的少，睇完電視當閱讀完，連集體回憶都有冒充。

捨本逐末了，文本文本，畢竟才是根本，千變萬化，總得由文字開始。

東拉西扯一堆，只希望今後在此欄寫寫小說、談談小說。

（原刊於二〇一八年十二月一日《信報・小說港》）

斬貓奇案

佛系推理

壹

黃昏的大學宿舍大堂，三個學生圍坐，中間一個紙箱，偶然傳來喵喵聲。

護理系的女護生逗着箱中小貓嘆氣：「牠本來流浪，很可憐的，我偷偷養起來。今天舍監修女巡房發現了，我下課回來被通傳到舍監室。本來，同樓層女生們約定，萬一抓獲，誰都別認飼主，無從發落；怎知修女說：『無人認領，便送往虐畜會等待人道毀滅。』」某機構的舊稱，護生不自覺省略前兩字。

宗教系男生小宗說：「這豈非南泉斬貓？出家人大同小異啊。」

護生連「還不講下去」也懶問，只瞟了眼。

小宗續道：「從前有個住持，叫南泉普願，發現廟內養了隻貓，東西兩堂弟子都不肯認，南泉就揮刀，把貓斬成兩段。」

「噢！」護生此時才聽清楚斬字：「和尚這般殘忍？」

小宗道：「據說故事內藏玄機，後來他大弟子趙州還做出個奇怪舉動，是千古難解的禪門公案呢。」

一直默不作聲的另一男生忽然站起身說：「走，歡迎小貓來我家。」

小宗抬眼望男生。男生道：「你宗教系，我佛系，菩薩心腸。」

他叫佛狸。

貳

從宿舍到校外村落的斜陽小徑上，護生懷抱紙箱，暗暗向小貓咒罵兩個不施予援手的男生。

兩人走在前面大搖大擺，影子拖得長長的，真身也都瘦瘦長長像長跑家，護生險些跟不上。

佛系推理

他們宿舍在大學中最古最細，宿位很少，尤其一年級剛巧沒一個同系的，彼此新鮮人，便自報系別來稱呼，方便易記。她護理系，手機短訊的頭像又似豐子愷《護生畫集》風格，便叫護生。

小宗讀宗教系，原名也有個宗字。才認識一個月，護生有點喜歡小宗，但想到自己目標清晰做護士，宗教系將來做什麼呢？據說，宗教系特別多參與學生會和學運，小宗卻真心鑽研不同宗教，反更顯得無可救藥。「專攻神學當牧師，甚至搞政治都比較好吧。」護生偶爾埋怨。

正和小宗高談闊論的佛狸更飄忽，剪個陸軍裝，當初負責迎新的師兄師姐竟也不知他哪個系，自稱佛系，「有人叫阿佛嗎？」護生那時笑罵。

「有，某個皇帝名佛狸，狐狸的狸。」

自此宿生們叫他佛狸，其實他沒宿位，只是來流連。護生今天才知道佛狸在學校附近租住村屋，「似乎經濟頗寬裕……」女孩子總愛想這些。

叁

回過神來，佛狸正提高聲線向小宗說：「比較宗教學呀，南泉斬貓不正是所羅門王判案的翻版嗎？」

小宗喃喃道：「分不清屬於哪一邊弟子，便把貓劈成兩半；分不清屬於哪一個婦人，便把嬰兒劈成兩半……」《聖經》故事，唸教會中學的護生聽過。

但小宗下一句險令她暈倒：「嗯，《列王記上》三章十六至廿八節。」

佛狸驀然回首說：「護生，這故事比較合你口味，沒殺得成。」像此時才醒起男士風度，從護生手上接過放着貓的紙箱，續道：「為什麼沒殺成？」

護生道：「因為親生母親心痛，求所羅門王萬萬不可劈成兩半，說寧願把嬰兒讓給另外那婦人，王便知道誰是真貨。」

佛狸眼神並未移開：「為何另外那婦人不死跟？她一樣可以說寧願讓給對手啊，像《西遊記》真假孫悟空句句學到足，試問王怎辨別？」

護生答不出。

小宗接口道：「原文是那婦人說：『這孩子也不歸我，也不歸你，把他劈了罷。』」

佛狸道：「這句話其實講給所羅門王聽的。感受到絃外之音嗎？你想搶孩子，我不給你，任由他死了好過——像不像情婦對姦夫發狠話？」

小宗若有所悟說：「所羅門王迷戀異邦女子，他老爸大衛王害死部下大將烏利亞、娶其遺孀拔示巴生下他，見於《撒母耳記下》。父子倆風流種子，不出奇。」

佛狸道：「不出奇就是，原來一直錯了。說任由嬰兒劈死的，才是真正母親。據《聖經》說，兩婦人做妓女，不妨這樣假設：所羅王門微服嫖了其中一個——姑且叫甲。」

護生道：「怎可能？」

佛狸逼視道：「宋徽宗嫖過名妓李師師，還被周邦彥在床下偷聽到濃情蜜語，寫成一首宋詞呢。先別打岔。妓女甲得沾聖露，竟在民間誕下龍種，所羅門王知道後急了，命人叫同居的妓女乙去偷回來，事敗，演變成兩女爭子事件。你不覺得奇怪嗎？堂堂一國之君去審雞毛蒜皮？因為大家心知肚明是冤案呀！清官難審家庭事，便半推半就讓妓女甲鬧到去見所羅門王，妓女乙也只得奉陪到底。所羅門王老羞成怒，恐嚇要殺嬰，這下妓女乙天良未泯，怕搞出人命，打退堂鼓說甘心相讓，真母親卻被嚇瘋了，爆出上述不合理對白。於是……」

護生道：「於是所羅門王借勢講出一番智慧判詞，嬰兒歸妓女乙所有，等於自己奪回龍種，硬生生冤屈了真母親？」

小宗閉目背誦：「『以色列眾人聽見王這樣判斷，就都敬畏他，因為他心裏有上帝的智慧，能以斷案。』《聖經》有時只寫表面現象。」

一陣冷風吹過。

小宗突然瞪目道：「佛狸別瞎掰了！經文明明說，因為那婦人——甲睡覺不小心壓死自己嬰兒，想霸佔乙的嬰兒填數，到實在爭不過，便一拍兩散，尤其大家都是妓女，我失去，你也別擁有。人心總如此。」

佛狸一手抱箱，一手搖晃食指笑道：「憑着這些想法，不就可以破解南泉斬貓之謎了嗎？」

不知不覺，他家已在眼前。

原典

師因東西兩堂爭貓兒，師遇之，白眾曰：「大眾道得即救取貓兒，道不得即斬卻也。」眾無對，師便斬之。趙州自外歸，師舉前語示之。州乃脫履安頭上而出。師曰：「子若在，即救得貓兒也。」

《景德傳燈錄》卷八《池州南泉普願禪師》

肆

佛狸租住三層式村屋的地下，護生正要好奇瀏覽，卻傳來另一把喵喵聲，紙箱中的自家小貓亦驚動起來。

小宗道：「原來佛狸本就有養貓。」

佛狸蹲下來柔聲道：「先別放出來，讓牠倆慢慢適應。」他的貓瞬間現身紙箱外側，猛抓着。護生見那貓竟頗似日本動漫的狸貓，聯想飼主別名中的狸字……

佛狸像看透她心：「貓便是貓，今後有兩隻，一隻叫甲甲，一隻叫乙乙好了。」

護生記得他剛把所羅門王的兩婦人稱為妓女甲和妓女乙，直乾瞪眼。

佛狸示意坐下：「小宗，南泉斬貓故事見於《傳燈錄》吧。」

宗教系高材生小宗觸碰着手機，想搜尋原文出來給大家看，護生問：「什麼叫禪門公案？真的查案嗎？」小宗一邊答：「禪師們的古怪言行，例如有人問洞山：『如何是佛？』洞山對曰：『麻三斤。』因為難解，像懸案一樣，故稱公案。」

護生嘴巴一努：「南泉簡直謀殺案。」

佛狸已經找出《傳燈錄》的實體書，護生這才發現他滿屋舊書，卻亂中有序。

護生道：「那麼，記錄者本身懂嗎？」

小宗皺眉道：「佛門予人方便，不應故意刁難人。我覺得，最初親身經歷的記錄者也不知所云，但認定禪師必有深意，便先照字面寫下來，供後人參詳。」

佛狸搖晃食指道：「說得好，這是第一把鑰匙——所羅門王的審判為自己嫖妓開脫，但以色列人認定王必有大智慧，照字面記錄下來；南泉斬貓也如此照字面記錄下來，未必含金科玉律，反而可能是宗醜聞。」

伍

甲甲（若計先入為主）暫時撇下紙箱中的乙乙，不知從哪裏叼來一尾鮮魚。「邀功啊！」佛狸撫着牠後頸低聲道：「這貓偶然會偷芳鄰的魚，來幫補家計。」

護生道：「牠留下給你看？」佛狸笑道：「等我回來煎香，分甘同味呀。」護生翻眼道：「人貓共吃一條魚？」

佛狸轉頭問小宗：「寺院為什麼不准養貓？」

小宗托托眼鏡道：「因為貓會咬死老鼠，有傷慈悲。台灣聖嚴法師便據此解釋過——弟子們偷偷養貓是殺生，南泉不惜斬貓是為了制止殺生，大師兄趙州把鞋放在頭上，是諷刺大家上下顛倒了。」

護生悻悻然道：「無論曉諭什麼大道理，都不值得傷害貓兒！」

小宗道：「作家李碧華寫過一篇散文表達過類似不滿。」

佛狸指着《傳燈錄》道：「我不談什麼大道理。既然戒律禁止養貓，說『東西兩堂爭貓兒』，毋寧說爭着拒認貓兒，你推是我的，我推是你的，才吵起來。南泉禪師路過，理應主持公道，卻主持不來。」

小宗喃喃道：「要分辨貓兒誰屬，照計，看牠親近東西兩堂哪邊即知……」

「偏偏貓兒不往東不往西，一味纏繞中間的南泉。」佛狸邊說邊盤足在沙發打坐，甲甲像配合劇情般挨着他腳邊。

護生噢了聲。

陸

佛狸道：「不妨設想——身為住持方丈，南泉知法犯法，違例養貓，這天忘記關妥房門便去巡寺。貓兒跑到弟子叢中，大家互相推諉，還有人揚言徹查。本來，南泉假意問句『何方流浪貓』或可驅逐了事，好死不死貓兒依戀飼主。」

小宗如夢初醒：「這算第二把鑰匙？審判者所羅門王本身就是嬰兒之父；南泉本身就是貓主，騎虎難下，賊喊捉賊。」

佛狸道：「他想找弟子背黑鑊。我甚至懷疑，『食死貓』典故，正正由此而來。」

護生道：「怎可能？」

佛狸指着紙箱道：「乙乙被舍監修女生擒的嗎？」

護生道：「不是。修女巡樓時瞥見，問室友，我下課便收到通知強迫自行帶走。」

佛狸抱起腳邊的甲甲道：「陌生人要抓起一隻貓極度困難，南泉的動作，間接證明他是飼主。」說時虛劈一下：「不只抓得起，還順利斬殺！」酷肖狸貓的甲甲大概玩慣扮死遊戲，竟就此不動。

佛狸放下牠平躺，合十嘆道：「真可憐。」

小宗茅塞頓開道：「由我試試解下去好嗎？老和尚不可能隨身帶刀，他是因為發急了，跑到廚房拿菜刀，貓兒仍不知好歹跟出跟入。南泉作勢欲砍，一邊暗忖：『你再不走，我顏面無存了。』他對弟子們的說話更近乎哀鳴：『你們道得——說可以就救取到貓兒，道不得——說不可以就要貓死啊。』完完全全是字面意思，門徒如實抄寫下來。可惜後人自作聰明，誤以為南泉借題發揮考考弟子，看誰道得——講得出一番道理，千古以來瞎猜這番道理。其實，為說教而殺貓未免太造作，為維護尊嚴倒有可能。」

護生接口道：「南泉還想喚醒弟子同情心，他多麼渴望那刻有人出來認領。」

小宗道：「『眾無對』，這是第三把破解之鑰。弟子中有毫不知情的，也有一早暗自嫉妒住持私養貓兒的，便抱着所羅門王那婦人的心態：『這孩子也不歸我，也不歸你，把他劈了罷。』一拍兩散。」

護生慢慢抱起紙箱中的乙乙，嘆道：「我始終不信，南泉最終怎狠下得毒手？而且，怎解釋那趙州回來的奇怪舉動呢？」

合十中的佛狸忽然站起說：「你們吃煎魚嗎？」

甲甲也彈起身。

柒

一條可以由貓叼回來的魚能有多大？虧佛狸還是小心洗淨、切薑、慢火煎，書獃子小宗想起老子「治大國若烹小鮮」，開始佩服這來路不明的同學了。

「後來的事，再一次證明南泉禪師正是貓主。」佛狸弄着鑊鏟說：「趙州道行較高，姑且當他是同門中的大師兄，剛從外地回寺。按照一般劇情發展，理應由其他弟子向大師兄請教師父南泉究竟什麼葫蘆賣什麼藥，然後由大師兄妙語開導之類吧，但原文卻寫『師舉前言示之』，南泉主動向趙州提起，很不帥呢，根本在訴苦，只差不能說出口：『你師弟們欺負我，逼死我貓兒啊。』因為老衲違反戒律在先，啞巴吃黃連。」

護生貪玩，把碟子放在頭上說：「所以趙州這奇怪動作代表……」

佛狸曼聲吟道：「『剗襪步香階，手提金縷鞋。』李後主描寫小周后偷情的詞句。」接過來把魚上碟說：「脫鞋放在頭頂走路，試問更加要何等小心？趙州等於在告訴南泉：『師父，你做賊就不能小心些麼？』亦等於告訴南泉：『師父，其實我一早發現你暗地裏養貓了。』南泉聽後，後悔不已，若當初弟子們之中有人像趙州般暗示知道師父是飼主，反正半公開秘密，便不用為掩飾而親手斬貓了。於是，他對趙州說：『如果你在，即救得貓兒了。』發自內心，也一派訴苦口氣。」

小宗斜倚廚房門問：「其他弟子究竟知不知內情？」

佛狸道：「可能知，故意透露師父劣跡；可能不知，像你喜歡背誦，凡事囫圇吞棗記下來再說。但輯錄到《傳燈錄》時，真相肯定已經失傳了，後人視作內含絕世玄機，以為南泉和趙州在打啞謎、講佛偈，註釋愈解愈複雜。」

「愈走愈遠，自作聰明。」小宗檢索着手機，接口道：「宋代雪竇重顯禪師寫過一首詩：『兩堂俱是杜禪和，撥動煙塵莫奈何。幸得南泉舉得令，一刀兩斷任偏頗。』盛讚南泉果斷，化解東西兩堂紛爭，畢竟牽強。日本江戶時代的禪僧白隱慧鶴復提出一刀一斷勝於一刀兩斷云云，愈發近乎外星語言了。殊不知古人著書質樸無華、有聞必錄，正如《聖經》寫挪亞偉大地造方舟，也寫他醉酒裸體的醜態，未必每段都包含大道理。」

捌

小貓甲甲和乙乙很快混熟，一同跑來討煎魚吃。護生心想牠們比南泉的貓幸運得多了，不禁由衷感激這佛系怪人：「謝謝你收容牠。」

佛狸煞有介事把魚分成五份，一邊道：「甲甲取魚有功，佔最大；乙乙新來是客，佔第二；護生女孩子第三；我是屋主第四；小宗，委屈你了。」

護生想起是甲甲由鄰家用嘴叼回來，正自猶豫，小宗卻豪情萬丈：「慶祝我們破解千古禪門公案，三人兩貓，共吃一魚，桃園結義！」老實不客氣從冰箱取出啤酒，又找出不少零食。這村屋倒樣樣齊全，渾不似獨居男人之家。

佛狸舉起啤酒罐向天道：「也敬那個牠，被斬為兩截的貓算不算殉教犧牲？成全了南泉高僧之名。」

小宗道：「可惜寫出來不能當宗教系論文交功課。你佛系，其實是安樂椅偵探，單靠思考和基本資料，便破案。」

佛狸道：「我不是坐着，是剛才途中邊走邊想到的，而且只能算一家之言。」

護生悻悻然道：「南泉枉為愛貓之人。」

佛狸敲敲筷子道：「老和尚可能並非為愛貓啊。」

護生瞪眼道：「你說南泉像你，養貓是為了訓練牠偷魚吃？但古時的山林寺院，哪裏來鄰家或賣魚檔有魚呢？」

「香積廚內，總有老鼠吧。」佛狸俯身，撫着甲甲的胖胖後頸項道：「我這寶貝也偶爾叼着老鼠向我邀功呢。」

小宗道：「難怪佛門禁止養貓，果然有傷天和，大開殺戒。怕鼠輩為患的話，僧侶原該靠自律，整潔收藏食物。」

佛狸道：「我猜南泉睡房裏，說不定收藏着由初生小鼠浸成的美酒呢。」

護生胸口一悶，吃不下了。

玖

之後的尾聲，發生在宿舍女生樓層，佛狸和小宗自不在場。

某個晚上，舍監——瑪麗修女一反平時板起臉孔的常態，微笑懷抱着小東西，珍如拱璧地到來巡房。護生一看，七竅生煙。

瑪麗修女向她展示一對小天竺鼠，柔聲道：「小傢伙怕悶，央求我周圍串門子啊。」像全然忘卻不久前自己嚴打在宿舍養寵物的惡形惡相。

「無人認領，即送往等待人道毀滅！」

護生醒起：難道這才是她非要趕絕小貓（現名乙乙）不可的原因？貓捕鼠啊。

天竺鼠在吱吱叫。

護生忍怒陪笑道：「修女，你知道中國人愛浸藥酒嗎？」

瑪麗修女的醜聞

佛系推理

壹

佛狸發燒了。這自稱佛系的青年，患病當然沒去看醫生，只想留在家休息，卻被護生硬拉到大學宿舍大堂聊天，連同同學小宗，懶洋洋的周末早上，兩男一女下起波子棋。

自從小貓被舍監驅逐，佛狸仗義收容，他們仨關係更親密，常常結伴採購寵物用品。護生對佛狸心生好感，尤其奇怪他的獨居生活和思路敏捷。「小宗呢，一個書獃子，倒也誠實可愛。」護生偶爾暗暗拿兩人作比較，幻想自己被同時追求。其實才一年級認識幾個月，彼此還貪玩以所屬學系來相稱——護生讀護理系，小宗讀宗教系，當然，佛狸的佛系作不得準。

「還燙啊。」護生若無其事把手放到佛狸前額。以為佛狸會受寵若驚，卻是一臉木無表情；更氣人是眼角也絲毫不見小宗流露嫉妒之色。上演爭奪公主戲碼遙遙無期。

小宗只顧不時盯着大門，忽然一句：「速遞來了。」一縷煙奔往接待處。

剩下護生笑吟吟對佛狸說：「他呀，怕學識給你比下去，郵購了很多宗教書籍，每天等着收件。他告訴我的。」佛狸病得暈頭轉向，棋局既暫停，索性半臥。

遠遠傳來小宗「噢」一聲，護生被吸引跑過去。

過了一會，又傳來小宗喃喃話音：「瑪麗修女的醜聞。」這次細聲得多，佛狸卻選擇性聽得乍醒，彈了起身。

瑪麗修女是宿舍舍監。

貳

佛狸蹣跚來到宿舍大門，管理員桂叔坐在接待處，小宗和護生站着，還有個一身 NBA 球衣的胖漢，大概是速遞員。

桂叔賊眼溜溜指着櫃枱的郵件道：「舍監大人的。」

佛系推理

同一時間，瞥見護生塞錢打發胖漢離開。

究竟發生什麼事？佛狸回過神來，半透明白色膠質信封，貼紙印着「XX大學XX宿舍」地址，要命在，隱隱透出內裏是某著名男色雜誌的封面！

桂叔笑道：「唉，這些東西也不密密實實包好，真羞家。我並非首次幫她接收了，今次竟然給學生撞破。幸好就只你們三個，請體諒做修女的寂寞啊。」

小宗道：「瑪麗修女年紀老邁……」

桂叔道：「而且估不到洋婆子也看中文雜誌，不過，本來就志在圖片不在字啦，嘻嘻——兒童不宜，眼看手勿動。」一邊制止小宗欲拿起來研究。

佛狸搓着發疼的太陽穴問：「什麼叫『瑪麗修女的醜聞』？」

小宗道：「G.K. 卻斯特頓有本短篇推理集叫《布朗神父的醜聞》，不過我想起的是另一故事，講述神職人員被發現訂閱黃色刊物。」

佛狸道：「推理小說你也熟？」

小宗道：「關於宗教的我都熟。」

佛狸道：「結局如何？」

小宗道：「推理小說禮儀——別向未讀過的人洩露秘密。」

「那麼，我們也別説破的好。」佛狸回首，向正自失神的護生道：「是不是？」

叁

返回大堂一角，正要重開波子棋局，佛狸這才看見小宗手拿着包裹，奇道：「你收到書籍？」

小宗點點頭。

佛狸怔了片刻，忽然低頭道：「護生，對不起，我誤會了你。」

兩人一頭霧水。佛狸續道：「起初我懷疑，是對瑪麗修女的報復，報復她驅逐你飼養的小貓。」

護生道：「所以我栽贓她買男色雜誌？」

佛狸道：「我以為你拉小宗和我到這裏發呆，是安排做醜聞見證者，因為你知道小宗很在意郵件派遞，必依時依候撲過去查看。速遞員沒穿制服亦是疑點。」

小宗插口道：「速遞員很多散工，不穿制服很平常。」

護生嬌嗔道：「你以為我找人冒充？」

佛狸歉意道：「兼且我見你偷偷塞錢給他。」

護生道：「唉，那是掩口費，我求速遞員別張揚出去。瑪麗修女獨身幾十年已經夠慘，就算看看那些……也情有可原，我怎會為私怨設局害她？」

佛狸道：「放心，瑪麗修女沒看那些。設局害她的另有其人。」

護生和小宗不期然望向接待處。

佛狸低聲道：「只怪我病昏了，誤判護生是主謀，便一心盡快離場。及至發現小宗收到包裹，足以證明速遞員並非假扮，由此逆推，則一切純屬偶發事件。」

小宗道：「桂叔偶發地誣衊瑪麗修女？」

佛狸道：「他才是男色雜誌訂戶。水盡鵝飛的星期六早上，偏偏衝出個亂翻郵包的小宗，又偏偏裝在半透明膠袋。說起來，你憑什麼相信屬於修女？」

小宗道：「因為上面沒寫房號、沒寫收件人……」

佛狸道：「訂購不良刊物免填姓名很正常；而不用寫房間編號的，除了舍監修女，當然就是管理員桂叔。小宗『噢』了一聲，又引來護生，這種事被學生發現可大可小。桂叔急中生智，或者作為下屬怨懟上司，便順口胡謅推卸給修女。其實，收信地址正好證明不關修女事——地址通常是發貨商按客戶網上所輸入的直接印出來，瑪麗修女是外國人，懂說幾句廣東話已不容易，怎可能用電腦打中文？英文地址也寄得到嘛。」

小宗接口道：「然後桂叔陸續補充『並非首次幫修女收件』、『看圖不用看字』等自圓其說，難道他不怕得罪上司嗎？」

佛狸道：「就只我們仨，況且桂叔見到護生寧願給速遞員掩口費，又怎忍心張揚修女的醜聞呢？反而我起初懷疑護生……」頭垂更低了。

小宗道：「如此說來，桂叔愛男色，與那篇推理小說結局很不同。」

佛狸搓着太陽穴道：「同性戀沒問題，訂男色雜誌都沒問題；但陷害人不能饒恕，待我病好，要想辦法懲戒他。今天夠累了，護生，你為什麼硬拉我們來？」

佛系神探再精明卻想不到，護生就是喜歡三人行的感覺，尤其對佛狸：「原來，你懷疑我害人，也會選擇不揭破；原來，你只要心裏有一絲誤會過我，也會這樣坦率道歉……」

一條辮子路

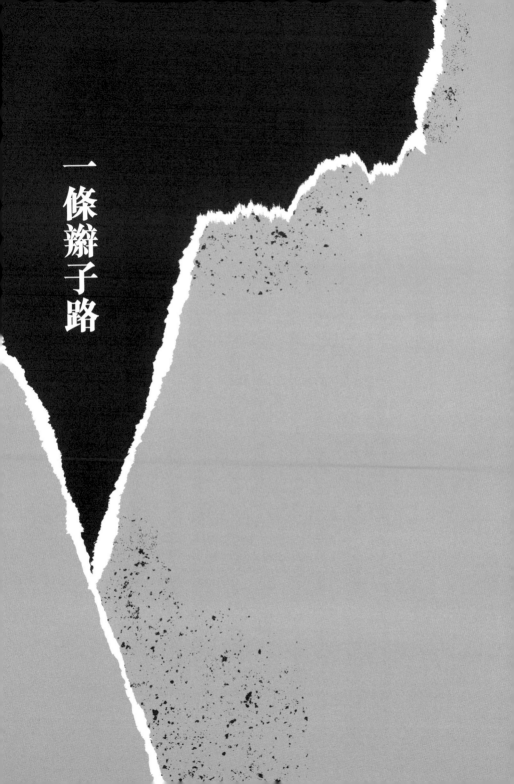

佛系推理

壹

不胡思亂想的時候，小宗其實是個帥哥，但他喜歡胡思亂想。

選宗教系，有人視作入大學捷徑，有人志在搞政治運動，還有人專攻神學做神職人員，唯獨小宗以絕佳公開試成績報讀，而且涉獵不同信仰，雜亂無章，沒考慮過日後就業。

基於某特別原因，小宗渴望知道死後世界。身為文科人，那些到鬼屋測量腦電波和磁場等等，他不感興趣，覺得用錯方法，不如從傳統經典裏找答案。

小宗近日迷上東瀛民間傳說。現正下午六點，冬天日落早，已達日本人所說的逢魔時刻。照計，靈異事件愈夜愈猛，為什麼黃昏叫逢魔時刻？「或者，絕對光明和絕對漆黑都不可怕，可怕在晦暗不明。」他心想：「人性何嘗不是？」

眼前愈發深深感受，走在落山小徑，校方節省能源，路燈遲遲未亮，顯得比入夜後更陰森。

這是大學裏著名的一條辮子路。

貳

不胡思亂想的時候，小宗其實是個帥哥，高高瘦瘦。

他也知道，護生對自己有好感，他就是去宿舍會合她。那長髮女孩，愛按學系暱稱朋友——小宗姓名有個宗字又唸宗教系，護生則唸護理系兼眉目恰似豐子愷《護生畫集》的肖像而自命。

沿途沒人。

按理，小宗腦海浮現護生俏臉便好，但他喜歡胡思亂想，從《護生畫集》聯繫到生死，煞風景。

一條辮子路乃關於慘死的故事：動亂時期，不少內地人爬上貨運火車偷渡到我城投奔自由，不可能直搭到市區，通常沿路跳車，途經大學車站一帶正正是熱點。相傳，五十多年前，一名偷渡女子在月台不遠處，蹤身一躍之際，腦後的長長辮子被夾着，硬生生扯甩頭皮身亡，辮子隨火車絕塵而去，留下路邊毀了容的屍體……自此，女子鬼魂流連大學小徑，想尋回心愛的辮子。

升讀大學已數月，小宗這才首次獨自行走一條辮子路，也首次仔細思考：「火車軌在海邊，一條辮子路在山上，她為何要在這裏找？再者，她不知道辮子被夾到去市區嗎？」

民俗學相信，鬼魂並非無所不能，反比人類更受局限，只能在身故地方附近徘徊。小宗暗暗嘆氣：「拖着長辮不方便偷渡，她大概愛惜秀髮，捨不得剪。嗯，像護生。」書獃子不自覺把素未謀面的女子（甚或女鬼）當成似曾相識。

「她想讀書啊！一定是這樣！年輕人投奔自由，當然包括嚮往知識，所以她念念不忘來到山上的校園範圍，她和我們差不多年紀。」情感豐富的小宗想得眼眶一熱，「這條路應該給她建間廟，至少立個慰靈碑。」

日本建廟標準，不在紀念亡者有多偉大，而在亡者的怨念有多重，例如遍布各地的天滿宮，不在學問之神菅原道真的忠正賢良，而在他死得太冤枉，考生們向他祈求金榜題名僅屬後話。小宗剛巧鑽研有關書籍：「信仰，應該拜偉人抑或拜惡鬼？她要尋回辮子才可化解怨念投胎嗎？」

一陣冷風吹過，小宗享受自己嚇自己的樂趣。

「問題還多着，辮子是直是彎呢？馬尾彎彎，強調一條辮則不會孖辮吧，若像清朝那種單辮直直下垂，怎麼一條辮子路卻有個九十度大彎？又怎麼認定它非因象形而得名不可？」．

佛狸知道——小宗忽然掛念那位自稱佛系的怪同學，甚至有點嫉妒，佛狸比他更鑽牛角尖，卻滿不在乎地表演過精采的日常推理。「佛狸會問我：『你猜女鬼有辮還是沒辮？』」

剎那間，小宗不用胡思亂想。

前面便是。

叁

常言道「轉角遇到愛」，小宗轉角遇到驚嚇背影。

一條辮子路兩旁種滿竹樹，中段有個九十度大彎，在這裏突如其來地碰見途人不奇怪。奇怪於，並非碰見，各循相反方向迎面而過才叫碰見，眼前卻像小宗追及前人似的，因為前人正落山，與小宗往同一方向。但細思又無可能，剛才整整五分鐘直路，極目二百公呎靜悄悄，為何一轉角便出現在二十公呎內？若説有人從後超越小宗再趕在前面，狹窄小徑怎會不察覺？

唯一解釋：前人本來上山方向，忽然改為落山。

「為了嚇我嗎？」想到嚇，最要命在，前人背影看來是女性，腦後垂着一條長長大辮！完全符合小宗心目中形象——簡單的白衫黑褲倒罷了，腳上一雙黑面白底布鞋，分明五十年前裝束。

名副其實活見鬼。

小宗只差沒叫出來，他懷疑：「這是背面嗎？會不會是正面？」佛狸的提問有意思的，按故事邏輯死時已失去辮子，但鬼要講邏輯嗎？校園傳說，見到辮以為背面，轉過頭來，另一邊卻是另一條辮……

小宗稍稍冷靜下來，才搞清「女鬼」總算在向前行。「然則這是她背面，她見不到我吧。」其餘一片空白。

「女鬼」果然像沒發現小宗，自顧自低首而行，非常蹣跚，慢到令小宗不得不更拖延，否則便會趕上她了。誰敢趕上去？辮子前面可能也是辮子，可能是一張毀容的臉孔。

形同鬥慢。

小宗想過掉頭向山上逃跑，卻實在提不起勇氣，他寧願盯着「女鬼」一舉一動，深怕一不留神即遭偷襲。小宗默禱她走快些，自己卻沒完全停步，保持二十公呎距離左右，因為，他仍記得約定護生在宿舍會合。這條路是通往宿舍的，不能讓女孩子久等。

天色更暗，朦朧間，環繞「女鬼」漏出一點藍光游移不定。哈日迷小宗倒抽一口涼氣：「連鬼火都來了？」

肆

伴隨藍光，「女鬼」只垂頭慢行，沒進犯之意，卻更令他驚疑不定，自己為探尋死後世界才選讀宗教系，如今答案近在眼前，敢不敢揭開？

小宗堅持跟着走了兩分鐘，愈來愈冷，感覺像一小時，出現分岔路口，「女鬼」仍往宿舍方向，本來小宗也是，但終於動搖，「由小路去飯堂，再折返好了。」他停下腳步，目送「女鬼」遠去，才拔腿狂奔。

跑到山下，夜幕四合，但人流眾多，小宗壯過膽來，在飯堂門口巧遇叼着牙籤的佛狸——好傢伙未夠六點半便吃完飯。小宗雖然心繫約會，忍不住向這佛系天才詳述經歷。

佛狸沉吟半晌道：「勉強能解釋的。只不過……」忽然一笑：「先去找護生吧。」

小宗想想倒是，隨他起行。

佛狸道：「何況，『女鬼』豈不去了宿舍嗎？」

伍

桂叔守在接待處。自上次「瑪麗修女的醜聞」，他們對這管理員心存疙瘩，沒打招呼即直入大堂。

等得發悶的護生從沙發彈起身道：「你們死哪了？」

這一彈，令小宗怔住——護生束起平時的散髮，竟結成大辮子，正正與「女鬼」如出一轍！在他眼中，像毒蛇伴着護生也彈起來。

「就是這條……」小宗指頭顫抖。

「樣式相同？」佛狸繞到護生身後，撫着辮子問：「你不至認不出她背影吧？」

小宗一呆，心想若認不出心上人才真活見鬼了。「女鬼」白衫黑褲黑面白底布鞋，亦並非護生一向風格，護生現穿的是連身裙。雜學知識令他想起生靈作祟，「但護生怎會有怨念強到靈魂出竅呢？」當下搖搖頭。

護生撥開佛狸，啐道：「毛手毛腳。」

佛狸的確像色鬼，端詳着她耳朵問：「你明明有耳洞為何戴夾式耳環？」

護生臉紅奇道：「那是室友心心借我的，啥事？」

佛狸道：「心心剛回來？」

護生道：「算不算回來呢？十分鐘前在房間見過，我問她：『這麼快練完拳？』她含糊應了句又匆匆出門，我便下樓等你們。」

小宗知道心心，讀心理系一年級，惟交往不多。回過神來，佛狸急道：「小宗，走吧。」

「去哪？」

「捉鬼啊！雖然沒百分百把握，一條辮子路的事當然要去一條辮子路解決。」佛狸說時已衝出宿舍。小宗對護生道：「對不起，請從後跟來。」也起跑了。

護生傻着眼。

陸

若非佛狸，小宗當然捨不得匆匆撇開護生。佛狸太瀟灑了，他怕被比下去。自稱佛系，佛狸像小說中的安樂椅神探，但此刻展現難得一見的速度上山。

小宗再笨也猜到：「你認為心心就是『女鬼』？」

佛狸看看錶道：「你在分岔路口用了五分鐘去飯堂遇見我，詳述經歷用了十分鐘，假設心心在這段時間折返房間，我們一同往宿舍又花五分鐘，護生說心心離開了十分鐘，一條辮子路慢行全程約廿分鐘，仍有機會追得上她！」

小宗邊跑邊道：「我是問，怎知道她是女鬼？」

佛狸道：「心心也長髮吧。這種大辮，自己很難替自己編的，何況之前從未見護生編過，最大機會是室友出手。女孩子之間互相幫助，貪新鮮齊齊換形象，所以有理由相信，心心今天梳了一式一樣的大辮。」

小宗道：「她故意在一條辮子路嚇人嗎？怎麼如此神出鬼沒的？」

佛狸道：「誰嚇你啊！一開始，你循一端落山，心心循另一端上山，中間有個彎角，兩旁又種滿竹樹，當然見不到。按理，走着走着總會碰面，但她在彎角碰面前轉向折返宿舍，在你看來，便像有人不可思議地忽然出現，其實毫不奇怪。」

小宗喘氣道：「她為何回去宿舍？」

佛狸道：「不是回去，參照護生和她的對話，人在什麼時候回到家卻答不出『是呀』？因為明知轉眼要離開，典型例子如剛出門又折返取雨傘再上路，而心心，則為了失物。」

「遺失物件？怎見得？」

「那些『鬼火』呀。你形容『女鬼』垂着頭行得極慢，藍光掩掩映映，豈不就是有人在暗處開啟手機電筒找東西的樣子？」佛狸加速走在小宗數公呎前，示範給他看，續道：「一條辮子路的彎角距離宿舍不算遠，心心懷疑物件在途中丟失，便原路折返，沿途尋尋覓覓。」

小宗道：「那麼……她找不着吧？否則不會一直去到宿舍。半路尋着的話，心心一早繼續上山前往目的地了。」

邊跑邊解說，佛狸也開始氣喘：「聰明。但亦有可能她以為自己帶了出門，結果發現留在房間，所以她才沒向護生訴苦。」

小宗有點不服：「這你都知？難道你知她丟失了什麼東西嗎？」

佛狸道：「當然……天曉得，但見過護生之後，我猜是耳環。心心應該沒穿耳洞，靠用夾式和磁石耳環。日常隨身物品，或手拿，或放衫袋和包包內，一般很難跌，什麼最易跌？跌了又不肯定是否『本來無一物』的？而且細小得要在黃昏開電筒找，便首推耳環。我估計，心心大概心血來潮摸摸耳珠，驚覺少了一邊，以為沿途脫落，卻原來在宿舍一開始戴漏一邊。」

兩人不覺跑過分岔路口和彎角位，前方筆直的上山小徑，小宗猛然抬頭，終於明白佛狸為何要坐言起行——非親眼目擊無法置信，遠遠街燈照射下，竟重現那女子背影，垂着一條大辮，白衫黑褲黑面白底布鞋。小宗今次不再害怕，卻不禁暗嘆：「心心，怎麼你要穿得像古人似的？時裝潮流嗎？」

真是心心嗎？

更奇怪在，佛狸朗聲叫道：「女俠留步！」

女俠？

柒

「女鬼」轉過身來，長辮一晃，竟擺出電影裏的詠春架式。小宗放下心頭大石，果然是心心。

心心噗哧一笑，雖然交往不多，她認得二人是護生朋友。小宗問佛狸：「你們串通嗎？」

佛狸道：「怎串通啊？最後的謎題也解開了——為什麼心心穿成這樣？護生提及心心去『練拳』，一般以為泰拳或西洋拳吧，但別忘記我校馳名國術會，每周逢這晚開班。你從黑面白底布鞋聯想到古裝女鬼，殊不知此乃功夫鞋，又稱唐鞋，習武者愛用。所以，我臨門一腳以『女俠』叫破她，更加肯定自己猜對了。」

心心瞪大一雙妙目，丈八金剛摸不着頭腦。佛狸用最簡潔方式敘述始末，一一被他言中，心心聽得如癡如醉，笑道：「幾個認知盲點，竟造就天大誤會。」三句不離本行，不愧讀心理系的。

小宗道：「你故意嚇我嗎？」

心心道：「誰嚇你？一條辮子路雖然僻靜，還不算人跡罕至，聽到後面有腳步聲而不回頭，沒啥出奇，我又不像你疑神疑鬼，何況，那時我正忙於找耳環。」

提起耳環，小宗打量她耳朵，的確沒穿耳洞，卻兩邊空空如也。心心道：「我第一次上山時，忽然發現只得一邊耳環，以為半路丟失，一直尋到宿舍房間，原來另一隻根本沒戴，便索性都除下來。」雖然與佛狸推測稍有出入，亦不遠矣。小宗心想不戴耳環、把長髮編成辮去練功夫，原屬情理之常。拆穿了，如此簡單。

心心續道：「到剛才聽見背後叫我『女俠』，起初不知是你們，但會這樣叫的，自然是朋友鬧着玩啦，故此我擺出詠春攤手，相當於習武之人打招呼。」她投入得像玩角色扮演遊戲，一身懷舊裝束，難怪小宗先前會重重錯判。

佛狸在一旁長長舒口氣，既為狂奔上山喘息，快刀斬亂麻式推理也夠傷神。

這時，同樣拖着長辮的護生到了，惘然問道：「你們究竟搞什麼？」

心心本欲在國術會練習，一波三折，早已大遲到，但見到室友，忍不住嘰嘰喳喳又講述一番。

出乎意料，護生聽罷，緩緩搖頭道：「事情未完。」

捌

十日後的夜半，一條辮子路邊竹林深處。佛狸、小宗、心心，還有換成極短髮的護生，地上是割下來的一條長長大辮。

心心憶起兩日前——

她在宿舍再次為護生編辮，護生顯得頗為挑剔。

「反正編出來是要……」心心囁嚅。

「送禮總得體面些。」護生對鏡道：「謝謝幫忙。」

心心邊梳理邊道：「你真捨得？」

護生道：「緣分呀。那天，我人生第一次編成大辮，卻鬼使神差地一個人走在一條辮子路找你們。沿途我思潮起伏，入學前已經聽過傳聞，雖然查不到新聞剪報，但我讀陳之藩教授的散文，動亂年代，從內地投奔自由、橫死在這一帶的偷渡客確實不少，一條辮女鬼，或者就由眾多怨念化成。小宗說，『她』渴望讀書，才徘徊在大學校園。想想我們多幸福，『她』多不幸。這幾晚我都睡不穩，不停發夢，應該為『她』做些事。」

心心輕撫長髮道：「如此說來，應該做的，是我。」

護生安慰道：「每人感受不同，你會認為我心理作用，就當我代替你吧。反正我讀護理系，習慣將來做護士，剪短方便些。」

終於編好，心心顫抖下不了手，找來小宗。

要乾淨利落割斷豐潤飽滿的大辮，比想像中困難，小宗用園藝剪刀，鏗然一聲，咬緊牙根完成。「像午門斬首一樣。」他總是在不適當時候想着不適當比喻。

護生接過自己的辮子，無限憐惜，吻了下去。

玖

斷辮在竹林深處的沙地慢慢燃燒，事後修飾過髮型的護生盈盈下跪，心心也跟着。佛狸和小宗各拿水樽戒備，以防火苗擴大，一邊留意沒其他人來打擾。

心心披散長髮，室友的驚人舉動，令她今生今世不敢再編這種辮子了。

小宗想起宗教系課業道：「世上的野廟荒祠、民間信仰，當初也是這樣創立吧？」

輕煙裊裊。

護生低聲祝禱：「鬼姊姊，若你因為失了辮子不快樂，請你收下我這條，安心上路。姊姊在天之靈，保佑人人有書讀、人人有自由，保佑我一班同學平平安安。小女子日夕為姊姊祈求冥福。」

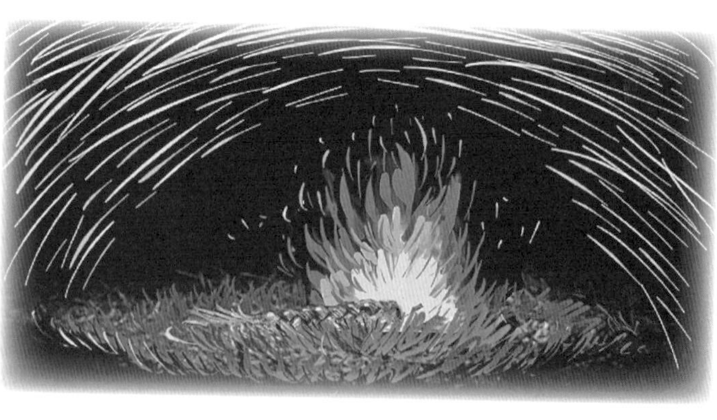

「青絲成灰，紅顏彈指老。她比我看得更透。」佛狸心念一動，「護生如此毅然，難道那晚另有奇遇、見到了什麼？只不過她沒說出來，免得大家惶恐？萬一……萬一一條辮女鬼是真的，這裏的學生多年來拿此開玩笑，豈非罪孽？」不禁暗唸佛號：「護生護生，上天有好生之德，迴向共見阿彌陀如來。虛空有盡，我願無窮。虛空有盡，我願無窮。」

圖書館六指惡魔

佛系推理

壹

護理系的護生近日成為大學的明星。《神經線》——某群同學志在八卦、玩玩拍攝、爭取點擊率搞出來的短片社團，請她當主播，報道校園新舊靈異傳聞。

一來護生剪了超漂亮短髮酷肖 Audrey Hepburn；二來，亦是主要原因，他們知道護生與佛狸熟稔。據說，佛狸破解了經典的一條辮怪談，根本，這個自稱佛系、來歷不明的疑似學生，本身也像怪談。

社友不知道，護生的短髮，正正因為一條辮而來。

他們叫護生請佛狸出手挑戰另一經典：圖書館六指惡魔。

社友又不知道，佛狸並非發則短訊即到，以至護生本身，也不愛用電子產品。「我和他喜歡隨緣。」心裏一絲甜蜜。

傳說夠簡單，晚上十點閉館前請盡早離開，三樓會出現六隻手指的惡魔。

此刻護生正進入圖書館，於閉館前半小時。「倒不如自己先看看。」她讀護理系，甚少需要上圖書館。由她看來，這裏毋寧大型溫習室，大家對着手提電腦上網做功課而已，何不在校園其他地方更自由？非考試日子，冷冷清清，三樓專放中文書，通常用不着，愈發顯得古意盎然。

隨緣就是，她在此碰見佛狸。

貳

圖書館座位分幾種，有對着窗的稱為「海景位」，有對着書架的稱為「自閉位」，兩者都因為獨立一格較搶手，否則便要坐「豬肉枱」——六人共用一張大枱，不過卻頗適合竊竊私語，反正，大家通常不專心。

目前四下無人，佛狸獨佔「豬肉枱」，堆放十幾本書，倒很專心。

不期之遇，護生首先整理一下衣裙，水藍色百褶，尚算清爽亮麗。佛狸呢，例牌黑白寬袍大袖隨隨便便，剪個陸軍裝，遠看像個和尚。

佛狸讀得津津有味，沒發現她。護生懷疑他裝模作樣，悄悄走過去低聲道：「還不走，你不怕六指惡魔嗎？」

佛狸毫無驚訝之色，欺近身來，咬耳道：「小姐，你看看我有幾隻手指？」

護生一呆，一轉面，佛狸的手已撫摸她臉蛋。

「完。故事用意就如此。」佛狸說着繼續看書。

「不是啦。」護生一邊薄怒於他的輕狂，一邊不禁醒悟「六指惡魔」可能乃屬無聊惡作劇。敗了興，她坐下來，好奇佛狸那十幾本書。這是大學生也覺得博覽群書很古怪的年代。

佛狸究竟唸什麼系？總不成真•佛系吧，沒設立的。

佛狸像看透護生道：「文學院有很多文獻未上網，甲骨文、線裝書等，掃描在電腦看，原味盡失，甚至會引起誤解。」

兩人保持極低聲談話，這可算是學生的專長技能，交頭接耳，護生有點後悔今天沒噴香水。

「説到誤解，如果有六指惡魔，你不想破解嗎？」她把《神經線》的始末一口氣告訴佛狸。

「上次一條辮你還不明白？有些東西，別查根究柢的好。」佛狸嘆道：「臨近閉館，不想同學們阻礙職員收工而已。」

護生環視四周，果然開始收拾打掃。

佛狸續道：「正如所謂『書院怪婆婆』，見到她在飯堂每餐對面空位擺多一套碗筷，謠傳她『養鬼仔』，其實，怪婆婆只不過討厭被搭枱，故意嚇跑他人。人愛孤獨，所以這裏永遠『海景位』、『自閉位』優先滿座。懶得解釋，甚至懶得開聲勸人離場，於是製造出傳聞來自動趕客。」

護生道：「我倒認為，一個傳聞可以流行這麼久，至少具備雛形。」

佛狸站起身說：「走。」

護生道：「帶我去破案？」

佛狸道：「是別阻人收工。」

叁

放好書本，搭乘升降機離開，佛狸不知有心抑或無意，按錯了地庫層，要兜點遠路。「那邊是圖書館工場。」佛狸遙遙指道。

護生料不到圖書館竟有偌大工場。

佛狸道：「裏面放置大型過膠機，把平裝書改成精裝書才方便借，還有舊書保養，在在需要很多機器。」

步出戶外，夜涼如水。佛狸忽然問：「為什麼六指會是惡魔？」

「我聽《神經線》社友聊起，武俠片有個『六指琴魔』。」護生不自覺玩着手指道：「因為多一根指頭，能奏出別人奏不出的琴音，驚心動魄，對手聽得經脈盡碎，武林人士惟有任其擺布，俯首稱臣。不過，本科知識告訴我，實際第六隻手指不會包含關節，通常只像個生在拇指旁的肉瘤。」

佛狸道：「明朝歷史上有位書畫家叫祝枝山，右手六指，與唐伯虎等合稱『吳中四才子』，倒不見得第六隻手指有助運筆，他自嘲『枝指生』，再自號『枝山』，說穿了，只是多指畸形病患者。民間俗稱『孖指』的，頗為歧視，所以近代醫學昌明以來，即使無害，一般都早早通過外科手術切除，以免小孩子被笑怪物。護生，你怎樣看？」

佛狸示意，在圖書館外名為烽火台的小平台覓處乾淨階梯坐下，她雖然不明白，卻很享受和他共處。

想起小宗，小宗的宗教民俗學會有何見解呢？

護生人如其名，天生富同情心才選讀護理系，不禁反省：「若『六指惡魔』就是個病人，只因缺錢錯過動手術機會，我們卻揭人瘡疤，自然萬萬不該。」

佛狸道：「武俠片有『六指琴魔』，那麼，《射鵰英雄傳》的『九指神丐』又如何？你明白箇中分別嗎？」

肆

護生稍加思索道：「『九指神丐』就是洪七公，他早年因為貪吃誤事，所以自斷一指以作警惕……」

佛狸搖晃食指道：「六指與九指，哪個多手指？」

護生茫然，佛狸續道：「正常幾多隻手指？五指山、十指纖纖，有人答五，有人答十。大概六接近五，等於多了一隻；九接近十，等於少了一隻。但如果，當事人雙手加起來僅得六隻指頭呢？他同樣應該被稱為六指吧。」

護生噢了聲，打起寒噤：「我們為什麼要夜深坐在這裏？」

佛狸道：「等待惡魔下班啊。」

護生道：「惡魔是圖書館職員？」

佛狸從書包隨意取出一張筆記紙，遞給她道：「剛才我帶你看大型過膠機，假如你要替它過膠，會怎樣拿？」

護生雙手各用拇指和食指工整地拈着。佛狸冷冷道：「送入滾筒之際，工業意外，手指捲進機械，正正壓壞四隻指頭。」

護生驚呼，不自覺丟落紙張。佛狸道：「拇指和食指最重要，雖只廢掉指節末端，也算嚴重傷殘，獲足夠賠償，但出於自食其力和對書本熱愛，他堅持工作。」

護生道：「繼續工作……」

佛狸道：「傳聞之所以停留於傳聞，可能有學生瞥見過卻不肯定，而知詳情者又三緘其口，想像一下涉及痛苦回憶，便很符合這狀況了。少了四隻指頭，即使裝上義肢，一般甚難掩飾的，除非戴手套，但炎炎夏日未免不自然，誰可以一年四季戴手套不突兀？」

護生脫口道：「執拾圖書的管理員？」

「我們當然無法親身試驗，但缺了指節，戴上工作手套去做，勉強還行。如果像『六指琴魔』般多出一隻靈活手指，卻遮都遮不住，故此可以否定這種可能。」佛狸忽然示意噤聲，低語道：「來了，你願意不看嗎？」

「啥？」下一秒，護生見到佛狸從懷裏取出一塊手帕，正奇怪男生居然隨身帶備手帕，佛狸已經用它來蒙起她眼睛。不知何故，護生倒不抗拒。

伍

護生感覺佛狸站起。一剎那，她以為他會吻下來。但沒發生，他似乎走開了。

然後是漫長等待。她想起很多事情，「這個佛系偵探，也就是所謂的日常推理吧。」猶幸夜闌人靜，自己的怪模樣應該不至於被眾目睽睽。她卻絲毫沒埋怨佛狸，反覺得刺激。

牽掛啊。

約莫十分鐘後，終於聽到佛狸聲音：「這位是圖書管理員先生，現在周圍就只我們仨。對

不起，為保障他私隱，惟有如此，由我代言。請你伸出手來。」

護生依照指示，接觸之處是一雙溫熱、粗糙的巨掌，明顯並非佛狸，再摸清楚，有幾個原該是指尖位置的，竟然短了、平平的，雖感知到是陳年創傷，硬生生的切口仍彷彿訴説着痛楚。護生知道，他就是傳説中的六指惡魔。

佛狸聲音在旁邊道：「管理員先生只想默默耕耘，我告訴他，護生你宅心仁厚，希望你感受過，回去婉轉勸阻短片社團，請別拿此來渲染。日後你到圖書館，也不用在意辨認他是誰。你現在蒙着眼，他也不會認得你，很公平。」

護生不便逐一數清是否四個切口，觸摸漸變握手，她親切回握，心裏一陣暖意。沒多久，巨掌慢慢鬆開，臨別還拍拍她手背。佛狸道：「管理員先生要走了。請你再忍耐一會。」察覺佛狸歸坐烽火台的階梯原位，護生不禁挨近些他身旁。

陸

愈夜愈冷。

「我羨慕他，一生以書本為伴。所謂惡魔，只不過源自歧視，正如童話故事，駝背佝僂總擔任巫婆、壞蛋，因為我們對傷殘者由起初同情，繼而感到無能為力去幫助，繼而避忌見到他們，最後歸結為厭惡。傷殘者亦基於自卑和自尊，與健全者疏離，漸漸竟約定俗成，廣東話講的『盲精啞毒』，何嘗不是把傷殘人士妖魔化？僅餘六指明明缺陷，卻以訛傳訛到擁有特異功能似的，簡直戲弄，罪過罪過。」佛狸難得絮絮不休：「其實，平常心相待即可，連憐憫目光都別要，他們的遺憾一生一世無法彌補，煩惱倒在應酬廉價同情心。我剛才怕你拿捏不準，所以出此下策。對不起。」

護生暗忖：「亦可能，佛狸不習慣被護生見到苦口婆心的樣子吧。」聳聳肩問：「那你何必驚動管理員先生？你只須口頭向我解明，我一定相信你。」

「沒親身經歷過，怎會深刻？我本來打算隨便編個藉口敷衍你，但護生，上次一條辮事件，我知道你是個善良女孩，還得靠你化解《神經線》對六指惡魔的無聊追查呀。我也相信你。」

佛狸道：「他已經不在視線範圍，可以了。」說着，溫柔地解開護生頭上的手帕。

護生一邊揉眼一邊問：「一切是你推理出來嗎？你真厲害。」

「不是，我早就認識那位管理員。」佛狸喃喃道：「『書院怪婆婆』亦一樣……」

或許視力一時未適應，模糊中，她似看見他眼泛淚光。

赤繩記（原名：祖兄之死）

佛系推理

壹

大學附近的村屋內，兩男兩女兩貓。

佛狸是少數不住宿舍而獨居村屋的學生，其實，學生身份尚屬存疑，學校並沒開設他自稱的佛系。

大貓甲甲由佛狸養大，小貓乙乙則仗義替護生收留，因為護生所住宿舍不准飼養寵物。自從乙乙遷入佛狸家，護生和疑似男友小宗經常到訪，但護生有些微妙變化，今次拉心心同來。

心心是護生室友，所以當初也照顧過乙乙，上次「一條辮」事件後，算與小宗和佛狸混熟了。

喝着啤酒，心心聊起：「新聞報道護士待遇很差，護生，你為什麼選護士系？」

護生懷抱貓兒打趣道：「誰說我要做醫院？我志願做大戶人家的看護，變身闊太啊！」說時偷瞥佛狸一眼，看他怎樣反應。

這正是拉心心同來之意——雖然與小宗看似一對，卻未正式開始，「圖書館六指惡魔」那夜後，護生愈來愈傾向佛狸，於是借心心作緩衝，潛意識裏幻想撮合心心和小宗，以便自己順利轉移……

心心不枉讀心理系，每事問：「佛狸，好古怪的名字，你說古時某個皇帝叫佛狸，真的嗎？」一邊用手機搜尋。

小宗率先搶答：「佛狸說過，希望我們有朝一日從博覽群書中發現他名字的典故，別依賴電腦，這才算學問。」小宗衷心崇拜佛狸，渾沒視為情敵之念。

「有意思！」心心拍掌笑道：「小宗呢，你是上過報紙的高考狀元，為什麼竟選宗教系？」

小宗道：「因為我想知道死後的世界。」

氣氛突然靜止，佛狸放下啤酒罐。

貳

護生預感明天要缺課了，今晚會談通宵，或者，睡也睡不着。

小宗續道：「我哥哥大我二十年，在我出生不久死了，自殺的。」

佛狸木無表情接口道：「即享年二十歲。」

「對，當時他是這裏的學生。」小宗故作輕鬆，「所以我立志考入這間大學。你們看我像獨生子不通世務吧？其實，我有哥哥，卻從沒談過話。我希望能與他接觸，我希望有鬼魂。」

佛狸道：「他大名……」

小宗道：「周祖榮。」

佛狸點頭道：「嗯，小宗叫宗耀，哥哥叫祖榮，對仗很工整，我們就稱呼亡者為『祖兄』吧。」

小宗道：「謝謝。」

心心懂了，佛狸在不經意進行心理諮詢。

佛狸道：「你想和祖兄見面？」

小宗道：「是，我想問他為什麼自殺，又想親手殺死他多一次。」說時把手中啤酒罐捏扁。

貓兒不安地跑開。

叁

若非結識佛狸，書生型的小宗本來不喝酒；若非今夕酒酣耳熱，小宗沒想過披露家事，「媽媽剛生下我，怎經得起這樣打擊？沒多久鬱鬱而終。」

護生失聲低呼，暗暗自責剛才還滿腦子A君B君。

「我出世帶來不祥，兩個至親下了陰間。爸爸寄情工作如機械人，我則懂事以來一味讀書，父子倆絕口不提媽媽和哥哥，我也像在陰間生活長大，惟有從宗教尋求答案。我沉迷鬼神之說，試過扶乩問米。」

佛狸道：「佛陀母親摩耶王后，生下佛陀七日後歸天。」

小宗道：「我讀過。」

「所以你毋須自責。」佛狸道：「你應該從祖兄的死因去尋求答案，才可以解開心結。你有實質訪查過嗎？」

心心忍不住單刀直入：「知道祖兄怎麼死的嗎？」

「知道怎麼死，不等於知道為什麼死啊。」小宗苦笑道：「家父既避而不談，哥哥的墓碑索性省略生卒年月日。小時候由親戚口中隱隱獲悉，我跑往圖書館查剪報，逐頁揭到我出生當年年尾，發生一宗大學生自殺事件。可能因為涉及教育界，那篇報道語焉不詳，但總算知道校名，於是我誓要考入這所大學不可。說來見笑，我是入學後，透過翻閱各類內部刊物，才確定家兄周祖榮屬於歷史系本科生，屢次考獲獎學金，自殺時住另一間宿舍。」

所謂另一間宿舍，指並非小宗、護生和心心那間，佛狸則居於眼前校外村屋。

「所以你奇怪我高考狀元讀宗教系？」小宗忽然尖聲問心心：「我哥哥成績優異又如何？腦袋都想歪了。」

「找到當年室友嗎？」察覺小宗情緒不穩定，佛狸撇開話題，他不想小宗在女生面前失態。

「校方恐防宿生留下心理陰影，相關資料封鎖得很密，年份又相距太遠，形同大海撈針。」

「祖兄究竟怎死的？」佛狸的冷淡口脗反而令小宗平復過來。

「那篇報道什麼都含含糊糊，唯獨自殺方法繪影繪聲，可能夠奇情吧。家兄綁上計時通電裝置，灌醉自己，不省人事，半夜計時器接通，觸電而死。」

佛狸亦不禁倒抽一口涼氣，「沒疑點嗎？」

「血液含大量酒精，除電殛之外，無其他掙扎傷痕，報載第二天早上才發現。」小宗搖頭道：「所以我恨他，自殺已經不對，自殺得沒半點男子氣概，更不該，簡直羞恥。」

護生一直默然聽着，緩緩流下兩行清淚。

佛狸站起身道：「祖兄是我們朋友的哥哥，等於我們的哥哥。我相信，不只小宗，小宗令尊口裏不說，心裏一定很想知道兒子為何尋短。發生在這間學校相隔二十年，人和事仍有跡可尋。我們靠的是醫護、心理和雜學知識，還有死者家屬提供資訊。大家願意幫忙破案嗎？」

肆

那晚後，兩天沒小宗蹤影。四人本不同系，平時碰面憑習慣隨緣，從不刻意。今次小宗罕有地透過手機短訊約實時間在飯堂見，佛狸等不敢怠慢，預早到達。

心心發話道：「如果小宗後悔，我們當沒聽過好了。」

佛狸心想：「心心雖然硬朗習武，女孩子畢竟心思細密。哥哥自殺算家醜，小宗酒後吐真言，後悔也在情理之中。」瞥了護生一眼。護生低頭不語。她與心心是室友，自然已達成共識。

小宗來了，臉色蒼白。

心心把意思複述，小宗擺擺手道：「不，二十年來我從未告訴人，說出來，舒服多了。這幾天忙，只為它。」說着從書包掏出一個織錦盒子，緩緩推給佛狸。

佛狸雙手接過，小宗道：「家兄遺物，都被爸爸清理了，唯獨這裏面是家兄手寫的毛筆字，像日記又像家譜，不忍丟棄。我返老家偷偷帶回來，又重讀一次，依然毫無頭緒。佛狸，你比我聰明，請幫忙過目。」

佛狸點頭致意，博學如小宗都看不出所以然，自己亦不可能一時三刻從中找出線索，惟有先行收妥，道：「那麼，大家談談看法吧。」

護生咬唇道：「我問過理科同學，宿舍交流電用計時裝置接駁人體，的確能導致死亡。人雖睡着，但……電殛一刻很難沒痛苦。」善良的她，最關心這方面。

小宗道：「我知道經過，想知道的是原因。」

心心低聲道：「人自殺必定有難言之隱，你真不介意我們查根究柢嗎？」

小宗道：「玩玩偵探遊戲，破不破到案也罷，反而輕鬆啊。今天約你們在這裏，只因為……」望向落地玻璃，那邊是他哥哥自殺之處。

伍

午飯後，四人來到宿舍前小草坪坐臥。與小宗、護生和心心住的男女分層不同，眼前是純男生宿，而且大得多，外觀也比較呆板。大學共有新舊十三所宿舍。

「自從去年入學，我不知一個人到此踱步多少遍了。」小宗喃喃道：「我幾乎百分百肯定，家兄死在這幢建築物裏。可惜，究竟哪一房間哪一扇窗呢？有時夜晚來，我幻想會有鬼火示意。」

心心嘆道：「學校封鎖消息，否則凶宅無人敢住了，何況事隔這麼久……」

「只在此山中，雲深不知處。」佛狸道：「這方面，我倒有點方法，只是方法比較粗暴——兩手準備吧，心心，借助你的人脈和社交手腕，盡量查查哪間房和當年室友是誰。祖兄叫周祖榮，小宗叫周宗耀，一般人很難聯想到兄弟關係，不用怕打草驚蛇。」

轉頭對護生說：「我們的好護士、未來的制服人員，我有些制服情意結啊，請給我張羅某件制服……」

護生臉上一紅。

佛狸繼而正色向小宗道：「令尊不可能毫不知情，只是不願重提而已。所以，無論如何，請安排我和令尊見一次面，我答應你，絕不觸及令尊傷痛之處，希望從旁觀察出蛛絲馬跡。」

小宗笑道：「佛狸，你令我變開朗了，希望也幫到我爸爸。」

陸

回到獨居村屋，佛狸小心翼翼打開織錦盒子，裏面另用油紙包好幾本毛筆字冊子，題為《行狀記》。亡者蠅頭小楷異常工整，惹人憐惜，難怪周父不忍丟棄。

「祖兄過世時才廿歲，二十年前亦近廿一世紀了，居然還信而好古地用心寫毛筆字。」聯想他弟弟小宗也屬不折不扣的書獃子，佛狸不禁苦笑。

更頭巾氣的是，語法近似「文不甚深，言不甚俗」的《三國演義》式文言文。「祖兄不愧讀歷史系啊。」

小宗說這既像日記又像家譜，果然，翻開第一冊首頁便詳列親族樹狀圖，最底下是小宗名

字，此後周氏有否再添成員，祖兄已不得而知，因為小宗出世那年年尾，他自殺了。

為什麼要死？

家譜之後，緊接是近似日記，亦似自述，還夾雜家族諸般大小事，大概始於祖兄十七歲左右，年少老成，文言文娓娓道來不覺裝模作樣。匆匆翻到小宗出世的日子，祖兄寫道：「是歲十二月初一，弟宗耀誕生，肥胖可愛，吾家有後，喜甚幸甚。」佛狸心中一陣暖意。作為獨生子，佛狸羨慕兄弟姊妹之情，又感激小宗推心置腹，讓自己盡悉其家庭私隱，不能辜負所託。

深呼吸一下，翻到最後一冊最後一頁，照計算祖兄絕筆了，驟眼看卻只是些生活流水賬和讀書瑣碎，沒什麼驚人之語或辭世遺言。佛狸嘆口氣，畢竟要從頭細閱，慢慢整理脈絡。

貓兒甲甲和乙乙從未見過主人如此認真用功，整夜喵喵叫不停。

三本小冊子，全文共約十萬字，佛狸通宵達旦看完，雖然不敢說盡得箇中三昧，但愈看愈疑雲大起，「事情太明顯了，怎麼小宗說沒頭緒？」

早上八時，佛狸渾忘睡意，等不及人家起床與否，致電讀心理系的，更肯定。

「心心，請依第一直覺和學科知識，使用計時裝置自殺，令你想起什麼？」

「嗯，像要履行某種約定。」

對，分明是殉情！

佛狸連祖兄殉情對象的名字都找出來了。

柒

佛狸沒即時致電小宗。與過往的日常推理不同，那些可耍點小聰明快刀斬亂麻，今次實實在在死了人，不容武斷，還是等見面詳談。

三天後，眾人本來便約好到佛狸的小屋吃火鍋團年。佛狸舉起啤酒罐說：「繁花似錦，韶華勝極。歲除，與群賢暢飲達旦。」

小宗點頭道：「那是家兄文句，謝謝你讀得這麼熟。」

心心道：「什麼歲除啊？」

小宗道：「就是除夕啊。家兄的《行狀記》用文言文寫。他當日大概像我們現在一樣，與同學吃團年飯吧。家兄多愁善感，明明才過年，他卻說韶華勝極。韶華勝極字面很美，看似祝頌語，其實有開到荼蘼，春天到了盡頭之意。」

護生低頭喃喃這四字，神馳物外。

佛狸道：「之後緊接是：『歸家度歲，秀未隨行。』」

小宗放下筷子道：「你發現了？」

佛狸道：「自從祖兄入大學後，文章便出現秀這人物，雖然沒清晰交代，亦不寫全名，但看得出關係匪淺。我懷疑他在這裏認識的，由最初一齊讀書，到後來甚至有：『秀來溫存，恩愛逾恒。』就是情侶了。」

小宗道：「我查過，哥哥的同學和朋友沒

一個叫阿秀的。」

心心道：「男同學呢？」

小宗苦笑道：「秀算比較中性，但的確連男生都沒有。你以為我會疏忽嗎？」

護生一邊細心給各人灼熟食材。心心道：「假名吧……」

佛狸搖頭道：「祖兄有強烈歷史癖，《行狀記》惜墨如金，猶如家史，每件事交代得很實在。關於秀的記述雖然簡略，但我覺得祖兄要麼不寫，要麼不會把心上人改名換姓。」

小宗道：「找出秀有如此重要嗎？」

佛狸道：「祖兄或許死於殉情。」

心心接口道：「佛狸問我，其實我也想過。用計時裝置自殺，未必出於膽怯，而是和某人約定時間。假設某人就是秀，祖兄和秀被迫分開，卻相信可以來生再聚。你找不着秀，只因為秀也死了啊！」

小宗書獃子，於情愛不甚敏感，沉吟不定道：「真有一個沒留下痕跡的人令哥哥走上絕路？」

佛狸打斷心心道：「別跳得太快，死了反而容易查。另一可能，秀臨陣退縮，像電影《胭脂扣》十二少苟且偷生，若然這樣，非拉出來不可。」

心心道：「搜尋祖兄過世那天還有什麼自殺事件，連海外消息也搜尋。若秀在生的話——小宗你只在意同系同學吧，我覺得要擴大至全校前後幾屆，讓我來。說起慚愧，上次說查祖兄當年的宿舍室友，至今未見頭緒……」

「不要緊。」小宗轉頭道：「佛狸，你想見我爸爸，我約他飲茶，一同去吧。」

護生忽然道：「小宗父母事隔二十年再生孩子，本身就夠怪。」

捌

小宗爸爸叫周年茂，從名字可想而知一個老實人，已從公務員崗位退休。佛狸屈指算來，周氏夫婦四十年前生下長子，鰥夫周年茂現年近七旬了。老人家腰板筆直，端茶杯的手穩定有力，唯是頭髮全白、眼神有點失焦。佛狸心想若非遭遇喪子喪妻變故，他應該更健康積極吧。

小宗戇氣，農曆新年帶新朋友來見爸爸，弄得氣氛怪怪的。佛狸倒親熱地滿口「世伯」，還老實不客氣討紅封包。

小宗一邊斟茶一邊説：「爸爸不用擔心我沒朋友了，佛狸學問好，教識我很多東西。」這對父子相依為命，但似乎交流不多。小宗寄宿，回家甚少。

戇氣的原來不只小宗，周父只對着佛狸乾瞪眼。

話不投機，佛狸沒開口問起祖兄的事，只東拉西扯。一場春茗結束，佛狸臨尾拋下一句：「下次宗耀帶女朋友來見世伯。」

女朋友？小宗傻了。

玖

必須強調，過程是緩慢的，並非每日有進展，眾人亦要應付日常課堂。佛狸每晚參詳《行狀記》，已經不知第幾遍，有時勉勵自己它像《推背圖》另有玄機，又試過跳字讀、橫向讀，仍不得要領。總之，祖兄就在二十年前的農曆新年「歸家度歲，秀未隨行」最後一次提及秀，接着祖兄返回宿舍，如常上學，個多月後，死亡當日停筆的一條是：「謹記圖書館還書。」瑣碎如此。推理小說裏警方很重視遺書，有遺書才算自殺成立，但現實並非如此。佛狸覺得，愈令人決心尋短的事，愈不會明寫出來。

「秀與吾同歲，亦有志於學也。」秀第一次出現，沒來歷背景，大概在祖兄十八歲時，由此可推斷，很大可能是考入大學後所認識的同學。

「與秀夜共讀，樂不可支。」佛狸有點羨慕了。

「秀來溫存，恩愛逾恒。」這句要命。

「弟幼吾廿載，今後當代父職教之。」疼弟弟，可惜小宗尚在襁褓沒記憶。

「大學樹木繁秀，地靈人傑，宜乎吾本科畢業後進修哉？」這句的秀字也矚目，但應該不關事。祖兄本來想讀研究院，卻於三年級時棄世。

「母產後失調，父甚憂之，吾當加倍侍奉也。」看來祖兄與雙親關係不差。

佛狸滿腦是《行狀記》句子。

這天傳來新突破：一、護生終於預備好制服；二、心心竟然找到秀！

拾

飯堂內，心心嘰嘰喳喳：「這個陳秀樺，二十年前讀化學系，一早結婚生子，現職保險經紀。說到本校叫阿秀兼認識祖兄的，大概惟有她了。若非我揭盡資料、用盡人脈順藤摸瓜，不可能甜言蜜語聯絡上她；又若非她賣保險，她也未必肯出來見我。」

護生道：「本校一屆學生千幾人，沒一個叫阿秀反為奇怪，但你事隔多年能找到，還真不容易。」

小宗道：「辛苦心心了，我自己就查不出來，慚愧。」

心心道：「陳秀樺與祖兄在書院迎新營同組。她說，之後一個理學院一個文學院，甚少交集。我直覺認為她不可能是祖兄心上人。」一邊亮出手機說：「這幅，我哄她說：『師姐，我們合照留念吧。』」

眾人挨近圍觀，都啐了口，原來胖太太一個。心心續道：「公平地講，小宗長得還不賴，祖兄應該很帥吧，怎會看上肥女人？」

小宗嘆息，父親把哥哥相片收起，他僅從墓碑上見過遺照，兩兄弟的確酷似。

佛狸忽道：「四十歲胖婦，不等於二十歲時不可以是美女，何況承恩不在貌，大家少看扁人。《行狀記》裏，一句沒描述過『秀』的容貌。」

心心道：「我問陳秀樺關於祖兄之死，她說聽聞過，很轟動，但校方諱莫如深，而且從迎新營到三年級，彼此已漸疏遠。她跟我們一樣，只知道祖兄在哪間宿舍自殺，詳情不明。」

心心作為心理系，洞察力應該可靠。

「我虛張聲勢問：『相傳你和周祖榮拍過拖？』陳秀樺連連搖手說不可能。」心心道：「陳秀樺難免反問我來意，眼見她與祖兄僅屬泛泛之交，我無謂節外生枝，更不宜提及祖兄有個弟弟小宗，便含糊其詞說正在替書院編寫一本舊生集體回憶刊物——唉，險些被她硬銷買保險，結果我賠了咖啡錢，虧她厚臉皮讓求學階段的師妹請客。」說時猛搖其頭，長髮飄逸，煞是可愛。

祖兄認識的「秀」，固然可能不單陳秀樺，但離開學校範圍，愈發大海撈針無能為力了。祖兄享齡才二十歲，又性格內向，除卻同學，恐怕外邊朋友不多。心心覓得途徑的同時，形同宣告此路不通。

「不可能。有意思。」佛狸道：「可以再幫一個忙嗎？」

「快說。」小宗插口道：「我和心心差不多要去上堂了。」兩人雖然不同系，有一科通識剛巧結伴。

佛狸道：「就是請心心陪小宗去和周爸爸飲茶啊！」

「又飲茶？」小宗想起佛狸曾經對父親說「下次宗耀帶女朋友來」，暗吃一驚，不敢作聲。

拾壹

吃驚的不只小宗。

待二人走後，護生問佛狸：「為什麼叫心心去？」

佛狸摸摸她後腦，答非所問：「因為你短頭髮。」

護生剪了女生較罕見的短髮，與今次何干？倒是護生拉心心進圈子，頗有撮合小宗和心心之意，以便自己脫離與小宗的疑似情侶關係。金蟬蛻殼，自然為了佛狸……難道佛狸人同此心，索性安排他倆見家長？那麼，我倆呢？

出神之間，佛狸道：「說好的制服預備了？」

護生連忙道：「你隨我來。」

拾貳

事情不能在飯堂做，不能在校園當眼處做，又不能帶他到女生宿舍房間，只好去了人跡罕至的後山。護生讀護理系，知道購買各類制服的門路。她隱隱覺得不妥，卻喜歡這刺激感。起初忘了問佛狸的尺碼，護生慣性地把衫拼在他肩膊量一量。佛狸笑道：「其實呢，外判年代，速遞員不一定穿制服。記得嗎？上次『瑪麗修女的醜聞』那位也是便裝。」

「咦？」

佛狸脫下風褸，順勢大剌剌讓護生替他套上速遞員制服，一邊說：「不過，作賊心虛啊，愈冒充愈要似模似樣。」

護生頓有所悟。

佛狸道：「你們宿舍的管理員桂叔，陷害無辜。記得嗎？我說過要整他一趟報復。今次正好一魚兩吃。」

護生道：「你想向桂叔追問關於祖兄……」

佛狸道：「八卦如心心，尚且查不出祖兄住哪間房和室友是誰。發生在宿舍的事，還是管理員最清楚。雖然建築物不同，桂叔二十年前亦可能未入職，但只要他肯幫忙，應該向同事打聽得到的。」

護生道：「桂叔怎肯幫你？校方通令過嚴守秘密。」

「所以要以其人之道還治其人之身。」佛狸戴上制服的鴨舌帽，拉下遮了半邊臉，低聲道：「我給他派送郵件。」

護生道：「你想重演『瑪麗修女的醜聞』？」

「抓住痛腳，還愁逼不到他？」佛狸賊笑道：「說起來，你有門路搜集到珍藏版男色雜誌嗎？」

「你作死！」護生同時驚覺自己竟極其自然地替他扣上制服的衫鈕，臉上一熱，住手道：「合身了，還不脫下來？被人見到便敗事。難道想在這裏試褲子？」

佛狸笑嘻嘻穿回風褸。護生看着他，忽然明白他為何不告訴小宗和心心——畢竟手段不算光彩，甚至帶點冒險，賭上聲譽，他為朋友都在所不惜了。

收好制服，佛狸邁開大步，護生沒立刻跟上去。她想遙望他背影多一會。

拾叁

過程比想像中更順利。

佛狸身穿制服，拉低鴨舌帽，戴口罩，趁周末早上宿舍大堂寂寂無人，向櫃枱的桂叔遞上郵件——半透明膠質信封，隱隱透出內裏是某著名男色雜誌封面。

老同志桂叔大概一時分不清自己有否訂購，不動聲色簽收寶物。佛狸突然一把抓住他手腕，低聲喝道：「你這色鬼，上次竟敢栽贓給舍監？」說時脫下口罩。

桂叔大吃一驚：「不關我事，不關我事⋯⋯」

佛狸暗笑自己在講間諜片對白似的，不耐煩道：「我帽上的針孔鏡頭已經拍下紀錄，你乖乖聽我吩咐。」一邊推給他紙條，上面寫着祖兄姓名和死亡年份，說：「你替我查查資料。」

桂叔忙搖手道：「那間男生宿我不熟呢。」

佛狸道：「哼，你一看周祖榮名字，即衝口而出他住男生宿，怎會不知情？」

桂叔語塞。佛狸補充：「我想拍條校園揭秘短片，要知道他死在哪間房，和找出當年室友來訪問。」

佛狸知道，愈是無聊小人，愈要給他一個無聊理由，索性不提受亡者家人所託，況且小宗全名周宗耀，雖然是這裏宿生，桂叔未必聯想到小宗與周祖榮乃兄弟關係，可免節外生枝。

「雜誌送給你吧，請好好收妥。」佛狸拋下這句，揚長而去。

拾肆

幾天後，佛狸獲得一條鑰匙。桂叔弄來的，千叮萬囑他別讓其他人看見。

山上男生宿舍四樓一間儲物室，就是祖兄亡魂囚禁之所。想想也合理，發生過自殺案的地方，不便住人。夾在普通房間之中雖有點不自然，但二十年來習以為常，宿生們都不覺得突兀了。

男生宿舍，心心和護生不能上樓，留大堂等候。佛狸帶小宗，悄悄開鎖進去。

四壁蕭索，名為儲物室，卻沒堆放太多東西，盡是無用垃圾，似乎，員工都不願經常進出，任由空置，佛狸心想，難怪開門時門鉸分外乾澀。

本應是窗戶的位置用木板密封，從外面看來是拉上窗簾絕不透光，小宗暗嘆自己之前遠觀沒留意。

現場當然已經沒床沒桌椅，甚至沒一絲生活過的痕跡，小宗喃喃道：「哥哥死在這裏……」

找出案發房間又如何？一早面目全非，不可能再搜證到什麼，對調查自殺原因其實沒幫助，純粹圓小宗心願。祖兄雖然死在小宗出生之後，但其時小宗尚在襁褓。一個毫無印象的哥哥，自懂事以來只知道他死了，死得不明不白，連累母親鬱鬱而終，家庭破碎，到今天置身封印之地，小宗才有些實在感，釋放情緒。

佛狸沒告訴小宗脅逼桂叔的事，不足掛齒，卻奇怪自己為何偏告訴護生呢？

小宗托着眼鏡，俯身發現電源插座所在，像想把手指插進去，自言自語：「二十年前，哥哥從這裏駁上電線……」

佛狸冷冷道：「插座不只一處，未必是這個。我問過，這間房的電力，案發後便截斷至今。」說着步出走廊，輕輕關上門。

剛好掩蓋隱隱傳來的飲泣。

拾伍

佛狸獨自回到地下大堂。心心正與護生閒聊。

「佛狸叫我和小宗爸爸飲茶。早幾天，世伯見到我不知多開心呀！問長問短，感激我照顧小宗，又說下次一定要到他家坐坐。」心心性格外向好動，事無大小皆熱心起勁，長髮花枝亂顫。

佛狸插口道：「真的嗎？小宗爸爸對你很殷勤是不是？」

心心用力點頭。護生從旁道：「佛狸，我記得你說，上次世伯冷冷淡淡的。」

「心心大美女，魅力沒法擋嘛。」佛狸隨口敷衍，沉思起來。

這時，小宗歸隊，臉色已然恢復正常。佛狸示意大家坐好，壓低聲音道：「其實，連室友身份都知道了。」

心心和護生險些尖叫，小宗更加激動：「住在同一間房的人？」

佛狸道：「現於本校任教。」

當年宿生，二十年後原校做老師，亦不出奇。小宗道：「告訴我，我去見他。」

佛狸搖晃食指道：「我本來也打算和你直接去，但聽完心心所講，改變主意了。『大學樹木繁秀，地靈人傑。』這是《行狀記》的句子。人家學業有成，當上副教授，我們不宜冒昧，倒不如先去聽他一課書吧。」

小宗和心心一臉問號。佛狸加強語氣：「下星期，上學去！而且要穿戴帥氣漂亮的去。我們四個相識以來，還未試過一起上課呢，精精神神，別失禮。」愈說愈玄，唯獨護生毫不狐疑。

她完全信任他。

拾陸

中文系副教授劉茂現年四十歲，生得高大英俊，一表人材，不愧校園的鑽石王老五，就是單名一個茂字有點土氣，被暱稱為「茂教授」，職銜叫高半級，可見甚受學生愛戴。

小宗暗自惋惜：「茂教授中文系，與哥哥歷史系志趣相近。唉，若哥哥不死，今天可能同樣執教大學了。」

學校鼓勵通才教育，各科容許旁聽，好學不倦如小宗試過不少，但如此聯群結隊尚屬首次。

這天清晨，愛美的心心依照佛狸指示兼變本加厲，一身透視性感女強人打扮，簡直令人心動；短髮護生紅色衣裙活脱脱 Audrey Hepburn 再世；連向來不修邊幅的佛狸都披搭得具層次。「我們很亮眼啊！」小宗一邊想，一邊摸摸自己特意修剪的頭髮。

更奇怪是，佛狸竟約了桂叔同往。小宗被桂叔色迷迷眼光看得心裏發毛。護生隱約猜到與調查有關，心心乾脆不知桂叔底蘊，佛狸亦沒説明。

時間配合得宜，一行五人抵達課室，茂教授和學生

剛到齊。佛狸落落大方先與茂教授握手，看來一早認識，茂教授很自然回握——小宗閃過念頭：「佛狸與他是一路的？」

佛狸介紹道：「這位是宗教系周宗耀同學，兩位美女是心理系的心心和護理系的護生，還有宿舍管理員桂叔，都慕名聽你詩詞課呀。」

獲封美女，護生臉紅，心心挺起胸脯。茂教授劍眉一軒，大概對工友來旁聽微感納悶吧。佛狸率眾坐於前排，其他中文系學生反而慣性坐得較後，喧賓奪主。

小宗忽然覺得，能與這幾個朋友一同上課，今生不枉了。

拾柒

佛狸預告過今堂主題是晚唐詩，小宗和佛狸不約而同帶備英國漢學家 A.C. Graham（葛瑞漢）的 *Poems of the late T'ang*。護生瞟了一眼，不認識，卻對兩條蛀書蟲見怪不怪。

茂教授聲線柔和悅耳，說話溫文得體，心心聽得如癡如醉，不自覺笑意盈盈。

茂教授在講解溫庭筠，佛狸舉手道：「『南朝四百八十寺，多少樓台煙雨中。』詩律二四六分明，敢問『百』與『十』皆仄聲，作何解？」

「那是杜牧〈江南春〉，關於唐朝中古音韻……」茂教授娓娓道來一番學問。

佛狸道：「小杜特別愛用數目字入詩啊。」

茂教授吟道：「『娉娉裊裊十三餘，豆蔻梢頭二月初。』這句倒沒平仄疑難。」

佛狸道：「女朋友十三歲，豆蔻年華，小杜患孌童癖嗎？還有，『商女不知亡國恨，隔江猶唱後庭花。』小杜兼玩同性戀嗎？」

全班登時起哄，老同志桂叔雖然不學無術，這句卻會心微笑。

茂教授正色道：「〈玉樹後庭花〉是陳後主寫給寵妃張麗華的，不涉及同性戀。杜牧遊覽秦淮河，順理成章想起南朝典故而已。」

佛狸咬住不放：「明朝《金瓶梅》提及的後庭花肯定指同性戀，唐詩也指同性戀有何不可？晚唐纖艷，李商隱詩〈藥轉〉連便秘、拉屎的細節都繪影繪聲呢。」

桂叔愈笑愈大聲，特別感興趣。

茂教授道：「關於李義山，課程原定下一堂才教。」

佛狸道：「不談李商隱，談李賀吧。據說李賀仕途失意，一生做不成大官，乃關他爸爸事，真的嗎？」

茂教授道：「李賀父名李晉肅，『晉肅』和『進士』音近，古人奉行避諱，兒子不准直呼甚至不准寫父親的名字，如果李賀考科舉中了進士，也等於一種冒犯、不孝，所以他沒去考。」

佛狸道：「長知識了，有其他避諱例子嗎？」

茂教授不慌不忙答道：「西漢名臣嚴助，本叫莊助。《漢書》為避東漢明帝劉莊之諱，把莊助等姓莊的人一律改姓嚴，臣子也要避皇帝的大名。莊嚴莊嚴，莊即是嚴，嚴即是莊，同義類近，這是其中一種避諱方法。還有，《三國志》著於晉朝，為了避開老祖宗司馬懿的寶號，把蜀將吳懿寫成吳壹，唯求形音相似。說到底，累人不淺。」

小宗專長在宗教方面，文史知識勉強追得上；護生一臉愛睏；其他中文系學生更加顯得不滿愈划愈遠。佛狸終於停口不問。

拾捌

下課。

小宗心想，如果佛狸志在抛書包挑戰權威，茂教授國學底子深厚，應對如流，潑水不入，況且，為炫耀而炫耀，亦非佛狸一貫性格。

佛狸緩緩步出課室，臉上帶着笑容，是挑戰失敗的苦笑麼？

只見佛狸拉桂叔到一旁交談，桂叔頭如搗蒜，佛狸似乎頗滿意，打發他先走。

茂教授和學生早已散去，剩下四人。小宗發話：「其實，我想向茂教授查問哥哥的臨終景況，他怎樣發現哥哥已經氣息全無？他事前察不察覺哥哥有異樣？最好他知道那位阿秀是誰。要問的太多了，怎麼叮囑我按兵不動？」

心心道：「明明小宗家事，為什麼佛狸獨斷獨行？打啞謎也有個限度，故作高深嗎？那管理員又算什麼一回事？」

佛狸鬥嘴般調侃她：「因為你的魅力吸引不到茂教授，發嬌嗔嗎？」

心心氣結，小宗搭着她香肩安撫：「他一定有理由。」

佛狸搖着頭自行離開，只拋下一句：「讓我想想。」

護生一直沒發言，卻終於忍不住，當晚，夜訪佛狸的小屋。

拾玖

決定自行去問個究竟，先要瞞過同房的心心，好在心心似乎另外有約，開溜了。其次，護生盤算怎樣打扮。她想給他驚喜，日間的紅裙子固然漂亮，但一來洗澡時換掉，二來也怕太漂亮。她首次夜訪獨居男生之家，何況那是佛狸。

有一刻，護生甚至考慮過穿什麼內衣。

佛狸一個人租住校園附近的鄉村小屋，在學生中很罕見，家境應該不俗。

春夜喜雨。途中，護生愈想愈有信心，「佛狸不告訴小宗和心心，卻會告訴我。」例如速遞員制服，她和他共享秘密。

深呼吸，按門鐘。開門者令護生失望——小宗俊臉卻傻裏傻氣，還有心心。

想想也是，死者乃小宗胞兄，心心屬於行動型，勢不願輕易放手。護生暗忖：「原來心心約了小宗結伴，剛才在宿舍可沒說……」兩男兩女名份未明的組合，終於分流。心心不動聲色道：「我叫她來的。」不愧善解人意心理系。護生心下感激。佛狸坐在大桌子後面，沒站起身意思，只探頭微笑。

一對貓兒倒跑出來迎賓，尤其護生飼養過的乙乙，纏繞腳邊。

護生嘆氣。

貳拾

為打破尷尬，心心延續話題：「我們來看你練習書法嗎？」她和小宗也剛到。

佛狸身無長物，屋子一味書多，客廳橫亘一張大桌子，上次大夥兒吃火鍋用它，佛狸平時吃飯讀書也用它，此刻除了堆滿書，還攤着紙筆墨硯。

心心又問：「至少應該讓小宗和茂教授相認啊。」

佛狸放下毛筆，遞出一本書說：「大家看看這個。」

《隋唐制度淵源略論稿》，從加工成精裝可知來自圖書館，小宗接過，隨手翻開，咦了一聲。

佛狸道：「陳寅恪的《隋唐制度淵源略論稿》，文史論文常常引用，但原書一度絕版多年，雖未至於古董，圖書館往往收藏，但一般人有錢亦難買到。小宗，你見扉頁寫了什麼？」

小宗捧讀道：「此書從大學圖書館借來，受益良多，到期歸還時找不着，誤以為遺失，甚愧之，向館方賠償書價。未幾，復於家中角落發現，唯館方以書目既已註銷，着我好自收藏即可。豈亦天意乎？今後當小心在意為荷。　　劉茂　戊寅冬謹誌」

佛狸道：「我和劉茂本有點交情，獲悉劉茂竟就是祖兄當年室友之後，未和大家一起上課之前，我私下去副教授辦公室找過他。聊起今學期教唐詩，我信手從他書架拈來這本書，揭到扉頁，興起奇怪念頭，便問茂教授借走。」

《隋唐制度淵源略論稿》正由小宗傳到心心之手，心心邊聽邊嘴角牽動。

佛狸道：「我有個朋友在圖書館工作……」說時瞟了護生一眼。

佛狸與不少教職員熟稔，渾不像一年級生。護生猜到朋友是誰（見本書〈圖書館六指惡魔〉），心中絲絲暖意，有些事，佛狸畢竟只讓她知道。

「我託朋友翻查茂教授紀錄，不料朋友說：『不用查。哼，這劉茂最喜歡一借不還、賠錢了事，由學生時代到身為老師，歷年已經十幾本，次次誠懇道歉，莫奈他何。』朋友是書癡，原來一早留意，他說：『類似《隋唐制度淵源略論稿》，網上收錄了全文，但愛書人誰不想擁有實體？報稱遺失，依書價賠償，舊版如《隋唐制度淵源略論稿》才一元幾角，他屢試不爽，簡直巧取豪奪。』」

「而且虛偽！」心心接口道：「拿去變賣賺錢也罷，茂教授還要當成自家藏書擺出來，又怕被人懷疑，於是在扉頁自圓其說、自欺欺人！我估計，其餘十幾本都有這樣寫，甚至呢，他可能也向外邊的公共圖書館落過手。」

佛狸頷首道：「雖非絕對肯定，但茂教授既然可能是虛偽之徒，祖兄之死又疑雲重重，為免打草驚蛇，我便叫小宗別輕舉妄動。何況，我給足茂教授機會……」

「哦？」

佛狸道：「今天早上那堂課，我唯獨向茂教授介紹周宗耀全名，世上姓周很多，小宗的名字與哥哥周祖榮看似沒關連，但一個中文系教唐詩的學者怎會意識不到『祖榮』與『宗耀』像對聯一樣？小宗，令尊給你兄弟倆起名字費心思啊。」

小宗點點頭。

佛狸道：「而且，小宗說過，他與祖兄雖然相差廿歲，對照舊相很酷似。眼前小伙子由名字到樣貌都如同周祖榮翻版，宿舍室友是難忘的回憶，極可能故人親屬，茂教授為什麼一點不好奇、不多問一句？」

「他是故意不認。」心心道：「我明白了。茂教授愈裝蒜，我們愈要謀定而後動。但你下課時為何不說，讓我們晚上來求你？」

佛狸長嘆道：「大家對茂教授印象怎樣？」

廿壹

小宗謙謙君子，雖然隱隱察覺劉茂與哥哥之死有莫大關連，仍清心直說：「儀表不凡，學問淵博，前途無可限量。」

佛狸道：「如果我說下去，會毀了他前途呢？」

眾人默然。

一直沒說話的護生放下貓兒，站起身道：「我只知道，是非善惡總要搞清楚。」

「好！」佛狸重新抓起毛筆，蘸墨疾書。

「你到底在寫什麼？」心心走過去。

佛狸擲筆笑道：「上完唐詩課，要交格律詩習作啊。這首詩交上去，包管茂教授不請自來。」

心心看見紙上四行：

周郎顧曲弟重來
羊角聲傳地下哀
秀色茂才同一夢
墓門寂寂為君開

廿貳

佛狸道：「要喝點提神嗎？」他從冰箱取出啤酒。這傢伙靠飲酒熬夜。

護生道：「我給大家泡茶好了。」逕自往廚房燒水。小貓甲甲和乙乙跟着去，護生自感像這家的主婦。

佛狸開言道：「由頭說起吧。關於祖兄之死，剪報語焉不詳，我想，最近發生在校園的自殺案尚且諱莫如深，何況二十年前？相信，當中必有內情，教育界足以隻手遮天。

「然後，我收到祖兄遺著《行狀記》。祖兄主修歷史系，是個信而好古的人，《行狀記》既像家譜又像日記，甚至用毛筆書寫文言文，反映他極度傳統，學問淵博，以二十歲之齡，很難得。」

小宗點點頭，替亡兄向稱讚者致意。

佛狸撫着案頭那幾本線裝冊子道：「個多月來，我捧讀《行狀記》找線索，仿效祖兄用毛筆寫札記、寫詩，這樣做果然會投入古人的語氣和思考模式，我覺得已作古人。」

小宗莞爾，心心和剛從廚房出來的護生則不知笑位何在。

「我很快留意書中『秀』這人物，兼且，祖兄是用計時裝置電死自己的，我第二天一早打電話給心心。記得嗎？」

心心道：「記得。你問我直覺聯想什麼，我答殉情，似乎不能與伴侶相見，所以約好共赴黃泉，說不定越洋同步呢。」

佛狸道：「但結果，我們無從獲知天涯海角哪位『秀』與祖兄同月同日死。假如，殉情的對象並非遠在天邊呢？」

護生道：「近在眼前……就是茂教授？」

佛狸道：「別武斷跳得太快。新聞剪報說，室友翌晨才發現同房死了，那位室友，據我們所知是劉茂，如此而已。」

「劉茂男人，同性戀不出奇……」心心不禁瞟小宗一眼，顧慮他感受，繼續說：「佛狸認為，祖兄在《行狀記》寫『秀』，是煙幕？」

佛狸搖頭道：「祖兄光明磊落、擇善固執。《行狀記》像劉知幾《史通》說的『史筆概記』，雖然寫得簡約，但句句嚴守法度，無愧歷史系高材生。」

廿叁

護生為大家泡好熱茶。

佛狸道：「有一次，護生提起：『小宗父母事隔廿年再生孩子，很怪。』對，為什麼呢？通常因為意外吧。傳統觀念，還有開枝散葉，或者說，彌補遺憾。小宗媽媽懷孕時，長子未死，彌補什麼呢？

「心心厲害，竟然找出該屆唯一叫『秀』與祖兄有交集的女生。那位化學系的陳秀樺師姐，跟祖兄僅屬泛泛之交，又市儈，推定不可能是殉情對象，但為什麼她一被心心問到曾與祖兄拍拖，會『連連搖手說不可能』般大反應？她是否當年聽聞過什麼？

「我叫小宗帶我去和他爸爸飲茶，氣氛尷尬，熱屁股貼冷板凳。起初我以為，世伯經歷喪子和喪妻打擊，枯木死灰，習慣待人冷漠；但換成心心陪小宗和世伯飲茶，心心回來卻說相談甚歡呢。」

心心道：「世伯人很好。」

佛狸轉頭道：「護生，你問我為什麼不叫你去，我答『因為你短髮』，是真的，免得世伯誤會小宗終日只跟男生玩。」

護生雖屬 Audrey Hepburn 式髮型，但落在老人家眼中可能不夠女性化……

佛狸正色道：「祖兄，的確同性戀。大概在考入大學不久，他確認自己性取向。可能是主動向父母坦白，可能是被發現，總之，雙親失望之餘，沒苛責兒子。另一方面，媽媽毅然高齡懷孕，出於繼後香燈的補償，於是有了小宗——宗耀，靠你光宗耀祖。

「長子亡故，二十年後，次子帶着我這個同性密友來疑似見家長，弟弟會否步哥哥後塵呢？難怪爸爸悵然若失；但第二次，換成心心大美女登場，小宗夠眼光，肯定是個異性戀者，抱孫有望，父感安慰啊。」

廿肆

眾人不期然望向小宗。

佛狸道：「這件案本屬小宗家事，但搜尋過程中，小宗漸漸顯得消極，是隱隱察覺到真相吧。」

小宗聳聳肩道：「爸爸甚少和我談起，自幼我已經起疑心，卻不敢想太多。有時，我後悔那晚喝醉向大家提及，大家又竟然愈來愈見眉目。無論如何，我不以哥哥為恥，正如踏足當年宿舍房間，我想知多些家兄的最後景況，我想聽下去。」

護生問佛狸：「你不是說祖兄很傳統、很國粹派嗎？」

佛狸道：「斷袖分桃，中國自古有之，某些故事還傳為美談。祖兄根本不介意承認，他介意在另一件事……」

心心道：「我們讀心理學，更不會把人類愛好冠以正常不正常。」說着握握身旁小宗的手。

護生心裏暗笑：「心心當然了解小宗不似哥哥。」

心心道：「說來說去，『秀』就是殉情對象嗎？『秀』是男人嗎？『秀』是誰？」

佛狸翻着書和紙條讀道：「『是歲十二月初一，弟宗耀誕生。』『歲除，與群賢暢飲達旦。』『歸家度歲，秀未隨行。』『弟幼吾廿載，今後當代父職教之。』『大學樹木繁秀，地靈人傑。』」

「以上是《行狀記》句子，大家留意漏掉什麼關鍵字？」

廿伍

佛狸又讀一遍：「『是歲十二月初一』『歲除』『歸家度歲』『弟幼吾廿載』，隱藏了哪個字？」

護生喃喃道：「年……」

「『歲』和『載』，本應都是『年』——今年、年晚、過年、細我廿年，只因《行狀記》用文言文毛筆書寫，古意盎然，乍看不察覺，我到最近才發現。」佛狸道：「上次飲茶曾經問過，小宗，你爸爸大名是？」

小宗呆了呆道：「周年茂。」

「全書沒出現『年』，並非偶然，祖兄有心避開的。」佛狸道：「祖兄是國學愛好者。傳統上，子孫不能提父祖的名字，稱為避諱。祖兄遵守得很嚴格。」

心心道：「避諱這回事，你不是在那堂課聊起過嗎？」

「我課堂聊起的每一句都有用意。」佛狸道：「傳統根深柢固，大多數人已不知其所以然，但正如小宗語帶猶豫，中國人潛意識裏，總不習慣直呼父母之名。」

心心道：「難道祖兄一生不寫不講周、年、茂三字？」

佛狸道：「姓氏毋須避諱，代代相傳，光耀門楣，提及得愈多愈好。重點在『年』和『茂』，祖兄小時候不可能迴避，大概稍長才學懂吧。《行狀記》包含家史、族譜性質，而且完全由己意操控，他準備流傳後世，絕不容許失禮貽笑大方。我估計，祖兄唯獨對《行狀記》如此執著於避諱。」

小宗若有所悟：「那麼……」

佛狸道：「要證明祖兄避『年』，還得看他有否特別處理『茂』。『茂』不及『年』常用，我翻遍《行狀記》，有一處明明原該寫『茂』的——『大學樹木繁秀』……」

護生脱口道：「樹木繁茂！」

佛狸道：「對，祖兄既然用『秀』借代了『茂』，引發我聯想，他筆下的情人『秀』，會不會本來叫『茂』呢？」

廿陸

布穀鳥鐘敲出十二響，沉睡中的兩隻貓兒相倚抖動了一下身體。

心心啐啐唸：「枉我專向叫『秀』的女生動腦筋。」

「情人與父撞名，祖兄並非寫『秀』這女性化名字來掩飾，是基於避諱原則。」佛狸道：「祖兄叫『茂』的密友，當然首推宿舍同房劉茂，亦即如今茂教授。」

真相接近大白，性急的心心倒冷靜起來：「怎肯定茂教授同性戀？」那是她欣賞的英俊男子啊。

「管理員桂叔是同志。」佛狸道：「這件事，小宗和護生一早知道（見本書〈瑪麗修女的醜聞〉），因為桂叔幫過我們，務請守秘密。」

心心偷偷望小宗一眼，佛狸暗笑自己多餘：「他和她已經無所不談了。」

「桂叔怎樣幫我們呢？今天——現在算昨天，我叫桂叔和我們一起上茂教授的課，由他去辨別，同志認得出同志。」佛狸續道：「道理很難解釋，就正如，賣樓經紀有時想隱瞞身份，但經紀一定認得出經紀，行家會感受到行家的眼神。」

心心道：「太牽強。」

「記得我叮囑大家打扮漂亮去上課嗎？事後桂叔說得好，心心和護生花枝招展，茂教授竟沒多瞧半眼。你說是什麼緣故？」

心心半開玩笑掠掠頭髮道：「我當時可落足風情呢。」

佛狸道：「小宗呢，姓名和樣貌極可能是故人親屬，茂教授要裝作毫無反應。」

心心笑道：「他剩下看上你呀。」

佛狸道：「知道那堂會講晚唐詩後，我事先做足功課。由〈江南春〉的平仄引起杜牧，由杜牧引起畸戀詩，由後庭花引起李商隱，由李商隱引起李賀。」

小宗接口道：「最後導向避諱話題。」中間的脈絡，兩個女生掌握不來了。

佛狸頷首道：「我相信，祖兄曾經向劉茂提及他在《行狀記》被寫成『秀』一事，甚至私底下暱稱他『秀』。避諱有原則的，主要靠同義類近，茂教授舉了西漢名臣莊助在《漢書》被寫成嚴助，因為莊即是嚴、嚴即是莊。奇怪在，現成更有趣和貼身的例子，他偏偏放着沒舉——秀才，這古代銜頭大家聽過吧，東漢時一度改稱『茂才』，避漢光武帝劉秀的諱，秀即是茂、茂即是秀，同義類近，樹木繁秀等如樹木繁茂……」

小宗一拍大腿道：「他自己叫劉茂，怎會不想起？」

「我鋪出大路讓他舉例。」佛狸冷冷道：「只因眼前坐了個疑似周祖榮親屬的周宗耀，茂教授忌憚得不敢提及秀茂相通，欲蓋彌彰，愈顯他內心有鬼。」

廿柒

護生長長嘆口氣，為各人添茶。

心心道：「種種跡象，很難說茂教授與祖兄之死無關了。」

小宗悻悻然道：「他和我哥哥相約殉情，卻像電影《胭脂扣》的十二少跳票，苟且偷生。」

心心道：「難怪佛狸之前說，深究下去，恐毀掉一個年青有為學者的前途。」

護生道：「我不討厭同志，只痛恨人失約，一定要他還債。」溫柔寡言的她，再次一錘定音。

佛狸道：「好，有一分證據說一分話，找劉茂出來對質。」

小宗道：「對方是中文系副教授，借書的事反映他虛偽。如果執意不認，我們可以怎樣？」

佛狸揚一揚桌上紙張，笑道：「所以我吟詩啊。」

廿捌

心心指着詩稿道：「究竟在寫什麼？我看不懂。」

佛狸道：「『周郎顧曲』是熟語。小宗，剛巧你家姓周。周瑜大家知道吧，美男子除了帶兵打仗，還精通音樂。《三國志》曰：『曲有誤，周郎顧。』這裏同時暗示我們留意到有些地方不靠譜、對找出真相的決心。

「『弟重來』，我向劉茂介紹小宗全名周宗耀，又相貌酷似，中文系副教授不難聯想到『祖榮』與『宗耀』會否親屬呢，我索性點明——周家弟弟來討公道了。」

「好！」小宗脱口道。

佛狸續道：「『羊角哀』是人名，古典小說《喻世明言》有一篇〈羊角哀捨命全交〉，敘述羊角哀和左伯桃兩人一同上京求職，中途飢寒交迫，左伯桃把衣服和食物讓給羊角哀，自己凍死。羊角哀後來做了官，重金厚葬左伯桃以報恩……」

心心啐道：「虛偽。」

佛狸道：「且聽下文。不久，羊角哀夢見左伯桃訴苦，祭品盡給隔鄰墓地的荊軻鬼魂搶走了，左伯桃勢孤力弱，唯在陰間捱餓。荊軻刺秦王，堪稱俠士，為何變了反派呢？說起來，荊軻欺淩左伯桃，還靠高漸離的鬼魂助陣，高漸離是荊軻生前知己，荊軻事敗身亡，高漸離潛入秦國，圖謀為荊軻報仇，亦失手被秦王所殺。或者這教訓正想表達，生死之交就要支持到底，沒法區分是非正邪的。

「羊角哀醒來，即向部下交代後事，跑到左伯桃墓前自刎。當夜，雷電交加，墓地隱隱傳來刀劍之聲，荊軻的墳忽然爆開，屍骨無存，民間堅信，是羊角哀深入黃泉，與左伯桃聯手，殲滅荊軻和高漸離。百姓遂把羊左合葬一處，建廟供奉。」

心心道：「心理學來解釋，是羊角哀問心有愧，晚晚發噩夢，甚至產生幻覺吧。不過，能夠做到一死酬知己，真不容易。」

小宗道：「我宗教系讀過一本中國傳統信仰的書，提及幫會開香堂拜劉關張，也拜羊角哀和左伯桃，尊敬他們的義氣。」

護生嘆道：「既然是古典小說，這一對書生的故事，是茂教授的本科，怎會不感同身受？」

佛狸道：「解衣推食，算不算同性戀呢？天曉得，但情義是一致的。羊角哀這名字太特別了，我把它拆開，彷彿一個羊角造的號角，從地下傳來陣陣哀音，埋怨劉茂失約。」

鄉間小屋夜深人靜，護生驟感寒意。

廿玖

心心道：「『秀色茂才同一夢』，這句好懂了。剛才解釋過避諱，你是告訴茂教授，我們知道『秀』與『茂』相同。」

「而且，隱含着秀色可餐和同床異夢兩個成語，暗示我們連他倆的親密關係都知道了。」

佛狸道：「已經寫得這麼白，所以最後直接說『墓門寂寂為君開』。梁祝化蝶也罷，羊左捨命全知交也罷，古人做得到，熟讀古書的他若尚存一點羞愧之心，至少該給個回答。」

護生道：「你要他殉情嗎？」

佛狸拿起詩稿道：「我在這份功課填上聯絡電話和『404』——祖兄和劉茂共住宿舍的房號，早改為儲物室，校方為了淡化命案，按說，沒幾個人知道，那是密碼，我寫得出，意即要他回到現場，向亡者弟弟交代。」

心心道：「如果劉茂硬詐不知呢？」

佛狸道：「我只好拿去參加全港詩詞創作比賽了，無謂浪費。本校兩位中文系老教授擔任評判，分屬劉茂師父輩，當年多少獲悉些內情，說不定評審此作時，會掀起炒熱舊聞。」

心心笑道：「你這傢伙雜學真多，還懂寫格律詩，中文系解僱茂教授，可以找你來頂替。」

護生蹲在牆角看着沉睡中的依偎一對小貓，小宗長嘆一聲，也走過去蹲下來道：「我哥哥是同志呢。」

護生視線沒離開貓兒。「我近日才發現，原來甲甲和乙乙同是雄的，沒所謂呀，你看牠倆，相親相愛便好。」她站起身道：「但虛情假意的人，總得付出代價。」

叁拾

長夜漫漫，眾人已經累極，精神卻異常亢奮，直到天色漸亮，才橫七豎八的、各據沙發一角或伏案陸續睡着。佛狸靜靜更換貓糧和貓砂，開門獨自外出，在小屋附近散步。

待到九點，佛狸回去把「功課」放入信封，直奔中文系辦公室，投進劉茂副教授的收件箱。

當晚傳來手機短訊：「拜讀詩作，文情並茂，劉某才遜，不能贊一辭，豈敢言批改？願乞指引，親聆教誨。周日早上十時，請至宿舍 404 一晤。　秀白」

看到最後兩字，茂教授等於承認自己是「秀」。佛狸長長舒一口氣，兩日以來的疲倦，或者說兩月以來的殫精竭慮，終於釋放，驟然感到一股無力感，跌臥床上，就此昏昏沉沉……

一覺醒來，首先通知小宗。小宗在電話彼端激動得哭起來：「我們贏了，我哥哥有個明白了。去，大家都去，聽聽他有什麼說。」

佛狸不自覺哼起《國際歌》歌詞——這是最後的鬥爭。

卅壹

走廊通道横掛牌子擋路，寫着：「配電箱故障，緊急維修，四樓臨時封閉，請勿內進，以策安全。」

男生宿舍，按說女生來到樓梯間已經禁足，佛狸卻沒多想，掀起了牌子示意心心和護生通

過，自己和小宗緊隨。

心心壓低聲音道：「茂教授通天本領啊，竟能包起宿舍全層。」一邊游目四顧，確定寂寂無人。

佛狸道：「星期日早上，本來就大部分宿生放假返家。劉茂貴為副教授，可能請託舍監安排貼出清場通知吧。不過，還得小心些，若其他人見到你兩個女生可麻煩了。」

快步走至404室，想起是自殺的凶宅，護生打個寒噤。佛狸從桂叔處弄得鑰匙，但輕輕叩門——他預感茂教授會先到，果然，茂教授開門道：「進來再說。」

室內比走廊更幽暗。佛狸和小宗來過，知道早已截電，兼且窗戶用木板密封，毫不透亮。有一星火光，是茂教授點了蠟燭。

「不介意請席地而坐。」這裏改成儲物室，沒一張椅子，茂教授率先坐在地上。眾人瞳孔逐漸適應，才看清他一臉憔悴，與上次唐詩課的丰神俊朗大相逕庭。

茂教授道：「我跟舍監神父說，今天祖榮二十載忌辰，他便給我費心了。」

神父在大學多年，案發時已經擔任舍監，甚至知道一點內情，若茂教授真不忌諱向他重提祖兄的事，大概今天有坦白的覺悟。思及於此，佛狸稍稍釋懷。

茂教授再打開話匣子道：「這麼多朋友啊……」

佛狸即時站起身道：「我到外邊把風。」拉開門說：「順便通通風。」

護生跟着出去，佛狸眼神詢問，護生道：「你笑我短髮似男生嘛，遠看不覺。」

卅貳

總不成全員在404室密談，萬一遭人在走廊偷聽怎辦？房間空氣也太悶熱，佛狸與護生一左一右守外邊，虛掩成一線門縫通風。

而且，事前準備充足，臨陣佛狸倒不想在茂教授面前炫耀，相識一場，他不願親睹他難堪。心心進取敢言，留下她陪小宗便夠。

只聽小宗終於開口道：「家父從不與我紀念家兄生卒日期的。」遙接茂教授剛才講及忌辰。

茂教授道：「你叫宗耀吧，祖榮常常提起你。」

心心像要給男友壯膽，氣勢逼人地說：「我是心理系心心，上過你堂的。」

茂教授微笑致意道：「大家都來便好。佛狸的詩寫得對，『周郎顧曲弟重來』，錯了琴音、離了譜，總要搞清楚。我向舍監神父一說，他沒多問就予以方便。原來，事隔二十載，相關者依然清楚記得，唯獨我自欺欺人，自以為躲得過——宗耀，你父母身體好嗎？」

小宗道：「家母鬱鬱而終，我自幼與爸爸相依為命。」

茂教授由盤足換成跪坐，深深點頭道：「劉某無狀，祖榮父母等於我父母。」

小宗情緒牽動，強作冷靜道：「我只想知哥哥怎死的。」

茂教授望着當窗燃點的蠟燭，坦然道：「我就是『秀』，我和令兄是夫妻，祖榮的父母等於我父母。你們視我為怪物嗎？」

心心搖頭道：「你講得出這番話，勝過許多異性戀者了。但正如你說，事情總要搞清楚。」

卅叁

護生和佛狸在門外背對背留意走廊兩邊，佛狸低聲道：「聽到嗎？劉茂兩次說『二十載』，沒用小宗爸爸名字中的『年』。劉茂也習慣避諱，這方面他的確視祖兄父母如父母。」

護生低笑道：「你聽心心語氣，何嘗不自視如家人？」

門內，茂教授鼓起勇氣，清心直說：「祖榮和我在書院迎新營認識，一見如故，套用佛狸的詩，像羊角哀和左伯桃，一同立志將來要考研究院。到三年級，申請獲編為室

友，我們便同寢……」

小宗沒辯駁他羊左算否同志，生死相託，性取向並不重要。

茂教授續道：「宿舍同學起初取笑過，當愈來愈察覺我倆是認真時，他們反而不敢再提，疏疏離離算了。」

心心想起那位胖胖的陳師姐，大概正如此態度吧。

「這裏是小天地。」茂教授環視斗室嘆道：「舍監神父呢，剛才提及，可能知道一點，睜一眼閉一眼。麻煩出在文學院院長，因為祖榮和我分別在歷史系和中文系成績優異得出名，院長本身教神學，風聞消息，發下狠話，揚言不會讓我們考進研究院。」

小宗現讀宗教系，宗教系以前包括神學，小宗聽過退休院長的保守鐵腕作派。

「接着的事，回顧，當然太傻了；但祖榮和我都是書獃子，那時只覺得做不成研究生萬念俱灰，中間經歷幾次轉折，分過手，捨不得，你們不是同志不會明白。最後想到殉情……」茂教授頓一頓道：「宗耀，你出世，祖榮說：『周家有後，我可以放心去了。』祖榮另方面很傳統的，所以才痛苦。」

小宗默念亡兄《行狀記》云：「是歲十二月初一，弟宗耀誕生，肥胖可愛，吾家有後，幸甚幸甚。」

門外，佛狸忽然感到身後一暖，護生挨過來背靠背，輕輕一句：「我站累了。」

佛狸知道，護生天性善良，聽至殉情一節，於心不忍。她需要他依傍。

卅肆

茂教授對小宗和心心說：「我問祖榮要寫遺書嗎，他答不想控訴什麼。那晚，我們喝了很多酒，又胡亂吞服濃濃睡意的感冒藥丸。醉倒之前，拿出電線互相綁緊，祖榮不知從哪裏弄來一個鬧鐘似的計時裝置和變壓器，他說這樣夢幻中觸電死去，最沒痛苦。還記得，我們特意用紅色的電線，相擁睡去……」

那邊廂，護生在佛狸耳邊低唱：「赤絲千里早已繫足裏……」聲細如蚊，房中三人不會聽見。那是舊劇集主題曲歌詞，佛狸心念一動：「護生懂得紅繩繫足故事。相傳這樣纏上兩人的腳，生生世世永為夫妻。」

宿舍的電源插座不多，小宗望向牆角的一個，那次之後，房間截了電，今天靠蠟燭照明，燭影搖紅，彷彿猶帶不祥。

茂教授道：「只怪我心志不堅，身體如此狀態都一直睡不穩，半夜乍醒。人醒了，就怕死。」

護生續低唱道：「生則相聚，死也化蝶，幾許所願稱心？」佛狸問：「你知道《啼笑姻緣》？」護生道：「張國榮唱過。」

卅伍

心心冷冷道：「你就此丟下祖兄？」

茂教授搖頭道：「我第一件事解開兩人電線，祖榮睡得很沉，我沒面目喚醒他，便衝了出門。」

小宗終於爆發道：「那我哥哥怎會死！」

茂教授淒然道：「我一口氣衝到宿舍外的山邊草地，昏昏沉沉倒下，日出的陽光才照醒我。我想起要回去，門把竟拉不開，又無人應，心知不妙。我匆匆離開時沒帶鑰匙，更沒心情上鎖，恐怕是祖榮醒來將自己反鎖在內。我立即找管理員，開門所見，祖榮通體發黑，還是電死了。」

心心道：「怎信得過？」

茂教授語塞，小宗卻洩氣道：「心心，其實佛狸和我推敲過，唯一解釋是劉茂走後，哥哥爬起身，重新連接裝置。」

心心道：「證據呢？」

佛狸在門外聽得明徹，走進來說：「門從裏面反鎖，還扣了門鏈，構成『密室』，現實並非推理小說般詭計多端，死者只可能是自殺。」護生緊隨，關上門。

佛狸指着茂教授道：「他叫管理員來一同破門，人證物證於警方有紀錄，諒他不敢胡謅。」頓一頓又道：「他離開前有沒有替祖兄解開電線呢？天曉得。但無論如何，祖兄醒來，不見枕邊人，失望之餘，鎖門，照舊選擇一死。」

茂教授跪坐垂下頭。

佛狸蹲身逼視着說：「你知道祖兄為你做多少事嗎？」

卅陸

「每次在腦海重組案情時，我都不禁佩服，他怎樣做得來？」佛狸站起說：「祖兄比劉茂死志堅決，應該飲下更多酒和吞下更多藥，他是怎樣醒的？或者，情人的離開自有心靈感應。這間404室劉茂共住，周遭物件附指紋不出奇，但自殺用的電線呢？當晚一雙對飲的酒杯呢？劉茂翌晨隨管理員破門，沒機會毀滅證據，按說，水洗不清吧，為什麼警方沒找劉茂麻煩？因為祖兄收拾了。祖兄拖着沉重身子收拾了。」

心心道：「不會是劉茂離開前清理了嗎？」

「我雖然不齒其為人，但實話實說。一來，他怕吵醒祖兄。二來——」佛狸從剛才放低的背包中取出一個織錦盒子，邊問：「劉茂，你知道《行狀記》嗎？」

茂教授點頭道：「祖榮說我被避諱寫成『秀』。它近似日記，所以我沒多看。」

佛狸慢慢打開盒子，拿出三本線裝冊子道：「你們雖無遺書，但《行狀記》既然是祖兄每日隨筆，順手寫來，當初他未想到最終要尋短，那麼，自殺之前累積的鬱悶情緒，怎可能在《行狀記》沒流露一點蛛絲馬跡？」

茂教授抬起頭。

佛狸撫着冊子道：「我猜，它放在這房間的祖兄抽屜內，警方撿去研究，首先被文言文搞得頭昏腦脹，勉強發現文中提及某位『秀』，卻找不出對號入座的人名，警方大概以為『秀』是女性吧，加上密室自殺無可疑，便退回《行狀記》給家屬。周爸爸把它束之高閣，不忍丟棄，小宗長大看過，最近又交我看，前前後後不知參詳多少遍。真沒新線索了嗎？」

佛狸攤開左掌掌心，有幾塊皺皺的紙屑，續道：「我從第三冊中取得的。這類空白的線裝冊子，祖兄買來寫毛筆字。書畫文具店發售，批量產品理應一致吧，但我偶然發現第三冊似比頭一二冊稍薄，由於沒印頁碼，我逐頁數，數出少了兩頁。表面看不出有人撕走過的痕跡，不排除是產品出廠時個別差異，我便索性剪斷裝幀的線，把第三冊解體，終於見到幾個線孔的邊緣纏着這些紙屑。那兩頁被撕走得很仔細，不拆開根本不會發現。」

除了幾日前獲佛狸告知的小宗，心心、護生乃至茂教授都不禁伸頸細看。

「眼前第三冊，我名副其實穿針引線重新組裝的，大家用《通勝》試試便知竅妙。」佛狸轉頭向茂教授道：「而這，正是他對你最後愛的鐵證。」

《啼笑姻緣》　填詞：葉紹德

為怕哥你變咗心
情人淚滿襟
愛因早種偏葬恨海裏，離合一切亦有緣分
願與哥你倆相親
情人共印心
最驚恩愛一旦受波折，難望偕老恩消愛泯
藕絲已斷，玉鏡有裂痕
恩愛頓成怨恨
生則相聚，死也化蝶，幾許所願稱心

莫嘆失意百感生
難求遂寸心
赤絲千里早已繫足裏，緣分天賜不必怨懟
赤絲千里早已繫足裏，緣分天賜不必怨懟

卅柒

「那撕走的兩頁，大概就是自殺的心路歷程。」佛狸拈着手中紙屑道：「醒來驚覺伴侶臨陣退縮，決定孤身上路，抹掉酒杯、電線的指紋之外，祖兄索性消滅近期日誌，免卻被人聯想到殉情。茂教授，你順利升讀研究院、平步青雲，還得多謝有人盡最後一分力為你守秘密呀。」

茂教授頭垂更低。

心心道：「哪知是否劉茂動手腳？」

「如果是他，乾脆半夜帶走、丟進大海也行，世上便沒《行狀記》。祖兄愛惜《行狀記》有家譜、日記、讀書心得、書法練習等多重意義，不忍盡毀，好在冊中提及『茂』的地方一律避諱寫『秀』，諒警察摸不着頭腦。而且，缺少了近期日誌會顯得不自然，於是祖兄還臨時補上兩頁生活瑣事，自殺當日竟然寫『謹記圖書館還書』的雞毛蒜皮。」佛狸揭開線裝冊子道：「看，雖然同樣是二十年前墨跡，但最後兩頁字體較潦草、墨色較淡，因為祖兄受酒精和藥力影響，磨墨也心急了——書被催成墨未濃，茂教授教我們的晚唐李商隱啊。」

茂教授哀吟上聯：「夢為遠別啼難喚……」不正是自己拋低夢中人的寫照嗎？

「所以，我說劉茂不可能動手腳。假設由始至終《行狀記》都來自劉茂偽造又如何？這可能性未免太低，小宗亦已印證過祖兄其他字跡，無誤。」佛狸頹然坐下：「祖兄有餘力洗杯、抹電線、撕書、寫毛筆字，再反鎖房間，當然並非被劉茂丟下糊糊塗塗中死去。他……是自行了斷的。小宗自幼以為哥哥是懦夫，其實，祖兄臨終意志力如此頑強，如此心如明鏡。」一口氣講完，佛狸也像心力交瘁，今次很不佛系。

雖然事前曾聽佛狸解說過，小宗仍不禁啜泣，斜睨茂教授道：「家兄既拚死維護你，我亦得個明白，不予你為難了。」

卅捌

404 室內，燭光如豆。

「我這二十載，是偷活過來的。與管理員破開 404 這道門一刻，我以為學業事業什麼都完了。沒想到，警方無找我麻煩，校方為保聲譽諱莫如深，我成了無辜的創傷後壓力症的受害者，被安排休學、轉到海外做交換生，直接在那邊畢業，博士班才回來攻讀，已經很少舊人記得我。祖榮歷史系，我中文系，文史一家，坦白講，我博士論文的概念，早在祖榮大三時提議給我、教我。偶爾我安慰自己，我像替祖榮活下去，完成他研究、教學的理想。我一直獨身，再沒愛過任何人，無論男女。」劉茂道：「但我知道，欠債總有天要償還，收到佛狸的詩當日，我向學校辭職，下月會搬去我當年做海外交換生的國家。」

心心暗暗咋舌，嘴邊卻冷冷道：「覺悟得真遲。」

茂教授苦笑道：「每人心中都有秘密，未被揭穿前都想偷多點時間。佛狸，是不是？」

眾人怔住。佛狸認識很多職員、學問淵博、自住獨立屋，在在不似一個一年級新生，乃至他屬於哪系和「佛狸」這怪名，從沒清楚交代……

卅玖

心心左顧右盼。

小宗朗聲道：「人與人相交，貴乎肝膽相照，何必問長問短？你與我哥哥如膠似漆，到頭來又如何？」

「《行狀記》最後一句並非胡亂充數。」一直沉默的護生忽然開口，憐憫地望着茂教授說：「祖兄在暗示叫你歸還圖書館騙來的書。他遺願你今後堂堂正正。」

茂教授全身劇震，對絕版藏書巧取豪奪，是他人生另一陰私（見本故事第貳拾節），不料也遭揭穿。

佛狸心想：「枉我千算萬算，倒不及護生這素心人看得透。」

劉茂徹底崩潰，雙手撲地。他本屈膝而坐，此刻姿勢更形同跪拜伏罪，放聲嚎啕大哭。

小宗轉過臉不理他，率眾開門離去。

《無題》李商隱

來是空言去絕蹤
月斜樓上五更鐘
夢為遠別啼難喚
書被催成墨未濃
蠟照半籠金翡翠
麝熏微度繡芙蓉
劉郎已恨蓬山遠
更隔蓬山一萬重

荷花池女鬼

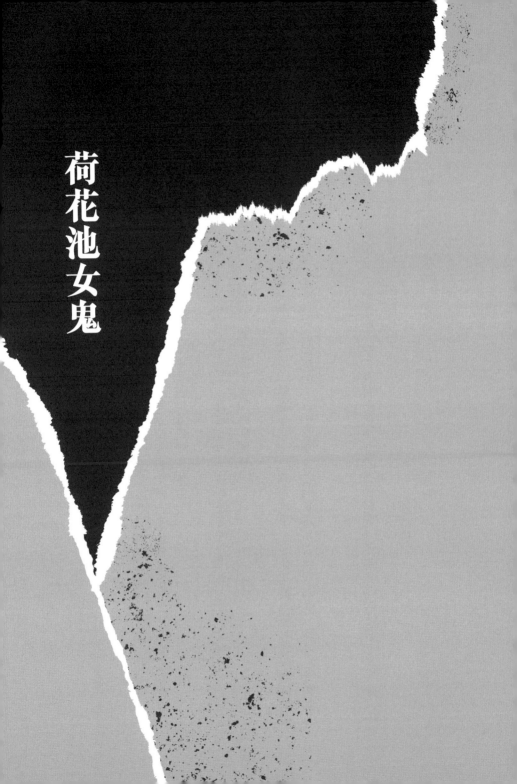

壹

北京大學有未名湖；這間大學則有未圓湖，據説含「須繼續力求圓滿」之意。拆穿了，是山上溪水和鄰近飯堂排污的聚合，半人工挖成，所以形狀古古怪怪，既有天然曲線也有直線。學生們管它叫荷花池，花前月下，更著名是荷花池女鬼。

宗教系一年級生小宗和朋友佛狸，正從飯堂外的自動販賣機買汽水（可惜沒啤酒）。時近深宵，飯堂已經打烊，兩男意猶未盡，邊喝邊夏夜納涼。

轉眼學期完結，某副教授遵守諾言遞辭呈，小宗感慨萬千，同樣知曉內情的佛狸則毫無反應，似乎早不放在心上。説到考試成績，以小宗身為公開試狀元去讀宗教系，自然連獎學金也手到拿來。

佛狸又如何呢？小宗漸漸習慣不過問佛狸讀書的事，根本，佛狸是否本科生亦成問題，無論眼界、生活都不似，卻從沒清楚交代。

聊着天散步至湖畔，佛狸忽然內急。

荷花池女鬼

「射進荷花池豈不方便？」小宗調侃。

「拉肚子啊，怎可以！」佛狸未說完，大袖飄飄一縷煙跑了。

飯堂關門，最近的廁所頗有一段路，小宗沒好氣，自行先到水邊賞荷花。

「『明月如霜，好風如水，清景無限。曲港跳魚，圓荷瀉露，寂寞無人見。』蘇東坡寫的就是這種夜色。」書獃子小宗最愛在適當時候想不適當的事，「未圓未圓，只欠女鬼現身便圓滿了。」

荷花池女鬼故事是這樣的：如果在午夜時分，在未圓湖一帶碰到一位漂亮長髮女子問你：「現在幾點鐘了？」務必不要回答，否則會被推落水淹死。因為女鬼是為情自殺的，你告訴她幾點，等於又一次提醒她被愛郎失約拋棄之痛，怨氣足以殺人陪葬。好哀艷。

小宗盤足閉目沉思，不知過了多久，一張開眼，竟真有個長髮少女的曼妙身影悄立前方不遠處！小宗慌忙站起，與此同時，少女回過頭來，眼神深邃而奇特。

小宗剎那間想起上次「一條辮事件」。鎮定，別自己嚇自己。

「朋友麼——」少女開口。

不會講那句吧？

「請問現在幾點鐘？」

貳

小宗當然不答，一縷煙溜了，比剛才佛狸走得更快，跑上行人路後，隱隱聽到身後傳來「撲通」水聲，愈發逃命要緊，驀地被一把扭住，原來佛狸回程狹路相逢。

「女鬼……」小宗驚魂甫定，氣急敗壞敘述遭遇。佛狸聽畢，臉色大變，突向未圓湖飛奔。

「幹啥？」小宗追着問。

「救人！」佛狸腳下絲毫不停。

小宗又一次想起「一條辮事件」，有佛狸在，他總不怕，只是不明白：難道女鬼可以再死？

「遇溺呀，人家看不到的。」佛狸像讀透小宗內心，逕自邊跑邊道：「什麼人會問時間？盲人才會。」

所以那對眼睛、那「撲通」聲……盲人（只差沒騎瞎馬）夜半臨深池，多危險！小宗恍然大悟，卻忍不住道：「放心，水淺，沒大礙的。」

佛狸答四個字：「泥足深陷。」

説時，穿越竹林，月色皎潔，朦朧中，遙遙望見池中豎着兩條雪白手臂在搖擺，畫面仍詭異得像怪談。小宗自責心切，奮不顧身要衝落水，佛狸拾起地上長長竹竿攔腰截住，還是那句：「泥足深陷。」

只見少女沉沒至僅露出眼和鼻，佛狸奮力把竹竿伸到少女手中，大叫：「小姐你捉實！」

這下小宗懂了：荷花池雖然淺水，但池底是淤泥，又軟又黏，人一旦滑入，難免愈踩愈深，落水於事無補，隨時反成拖累，唯靠工具施救。

好在湖邊滿是剛砍下來的竹竿，小宗也拿一根伸過去呼喚。沒多久，少女雙手抓緊佛狸那根，雙腳終於踏着小宗那根借了一下力，撥開重重荷花。佛狸發勁狠拉，將近靠岸時，小宗一把抱起她。

少女渾身泥污和濕透，目光空洞，果然是失明的。菩薩保佑，清醒無恙。

滿頭大汗的佛狸叫小宗致電校警支援。

少女回過氣坐起來，羞赧道：「謝謝你們救我，兩位先生嗎？」

小宗憶及她之前只聽到自己身體活動的聲響，雌雄莫辨，就叫「朋友」，心下憐憫，溫柔道：「是呀，我叫小宗，他叫佛狸。對不起，我剛才沒答你幾點鐘。」

佛狸道：「你是教職員家屬嗎？」想想理所當然，否則夜闌人靜，一個十四、五歲的傷殘女孩怎可能深入大學腹地？

少女點頭道：「我叫雪兒，住在湖邊宿舍。媽媽返內地一晚探親，着我留家別亂跑，但我忍不住出來賞花，還懶帶手杖呢。」

「賞花？」小宗囁嚅。

「荷香啊。」佛狸打圓場開懷道，免得觸及缺陷。

雪兒道：「對，上帝關閉我眼睛，送給我一個靈鼻子。一般人嗅不到的幽香，我在家也知荷花盛放了。我感應到有人，想起媽媽約定會打電話回家，便問幾點鐘，不料聽到對方急步離開，我以為發生什麼情況，心裏慌張，走錯幾步，失足跌進水裏。」

盲人自有報時輔助設備，卻往往不用。而且，盲人都寂寞，都愛搭訕。

小宗暗忖：「她不知道『幾點鐘』是鬼故事的禁語。唉，其實世間哪有鬼……」突然瞥見雪兒褲腳圈着一綑黑髮，殘殘破破沾滿泥土碎石，令人雞皮疙瘩，說不出的恐怖可憎。

佛狸察覺小宗視線，也發現了，第一時間舉掌想遮擋女孩視線，同時想起：她根本看不見。

叁

結果不只校警來，警察也要來。佛狸懇求請別嚇着女孩子，口供盡量由他和小宗錄取。

池底淤泥埋藏了屍體，已成白骨。雪兒踩得深，不幸被遺髮纏上，難怪幾乎遇溺。屍體死去約三年，遠比傳說發生得遲，不知算模仿殺人抑或模仿自殺？

後來小宗與佛狸提起，佛狸笑道：「這種無頭公案，只有以我爺爺名義去破了。」

金田一麼？小宗不知他真的假的。

牛尾湯

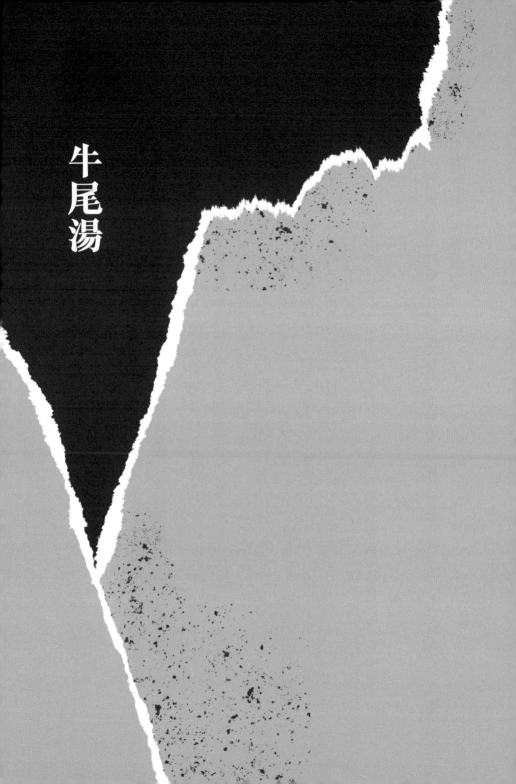

壹

學期尾聲，留在宿舍的學生反而多，平時總有些人回老家晚飯便不返，但可能珍惜相處機會吧，連佛狸這非宿生也來小宗房間「屈蛇」湊熱鬧，雖然他在附近鄉間住村屋。

兩層宿舍皆屬雙人房，一樓全男，二樓全女，地面闢作大堂和各類活動室，規模細得可憐，堪稱大學歷史遺留的古老建築物。小宗本身室友綽號「潛水艇」，行蹤無定，今夜又不見人，佛狸索性向管理處繳交臨時住宿費（俗稱「買蛇飛」），名正言順佔他床位。

佛狸手頭永遠寬裕，是小宗不解之一；說湊熱鬧，其實在飯堂一同晚餐後，也就躺着看看書，或盤足沉思而已，偶然才聊一兩句，是小宗不解佛狸之二。小宗則挺忙，周圍串門子——考試結束，心情放鬆，整層男生宿戶戶打開門自出自入，大家走來走去。

小宗剛在對面房間贏了一局象棋，正想回去看看佛狸之際，聽到身後輸棋的同學叫道：「牛尾湯呀！」

那是穿越他房門框、穿越小宗肩上、再穿越小宗房門框僅僅看到的，小宗循他視線，自己窗前懸吊着一小個保暖壺。

貳

大學流傳不少怪談：一條辮、荷花池女鬼以至電線男……某程度小宗都「遇過」，但如此歷歷在目，尚屬首次。

牛尾湯故事是這樣的：一對宿舍情侶，剛巧住正樓上樓下，愛心湯水，男女分層夜裏不能送達，她就吊下來，醫科生伸手出窗外接住，飲完掛上吊索，由她取回。後來，醫科生變心，女方自殺，牛尾湯依然在深宵無聲無息降臨，嚇得男方半死，有說他也因此自殺了。

眼前情景的確似，難怪同學衝口而出。

坐在床上的佛狸也察覺，卻佛系地道：

「有湯飲，還不拿下？」

小宗想想倒是，身為屋主，無論何方神聖，畢竟衝着自己而來，便大膽走過去，推開窗。保暖壺由一個小鈎懸掛，連着吊索。小宗小心拆下來，吊索立刻收起。小宗盡量伸頸扭頭往上望，一片夜空——在樓下根本不可能見到樓上什麼。

往前看，宿舍這邊向北，面臨後山，黑漆漆荒荒涼涼，下方連一條小徑都沒有，杳無人跡。

小宗讀宗教系，不信鬼，也不禁茫然。

三五個相熟男生已經老實不客氣湧入房間，異口同聲：「打開它，打開它。」

保暖壺屬於廉價品，小宗旋開壺蓋，肉香撲鼻，果然是湯。

「牛尾湯啊，女鬼來索命了。」

「廿幾年前的事啦，小宗還未出世。」

「找替死鬼要講道理嗎？」

「倒不如想想樓上誰住……」

男生們七嘴八舌，末尾一句擊中小宗。樓上正正住着護生和心心。她們是室友，護生讀護理系，心心讀心理系。小宗於迎新營認識護生在先，互生好感，但陰差陽錯，尤其上次案件調查後，他漸漸傾向心心，甚至帶心心見過家長……

「小宗，你用情不專，害得兩女癡癡迷迷。」知情者乘機說。

「癡癡迷迷到灌你迷湯。」

「究竟是護生抑或心心煲的？」

「一個吊湯下來，另一個很難不知，可能一齊落藥想毒死你。」

小宗瞟了佛狸一眼，更尷尬了。就他所知，佛狸正與護生過從甚密。

佛狸忽然跳下來，奪過保暖壺道：「試試是否真牛尾湯。」嚐嘟嚐嘟飲了口，啐道：「罐頭！」遞還小宗，又繼續看書。

沒中毒。

此時，隱隱聽到二樓的女生們聞風而至，唯礙於舍規，只能塞在梯間議論紛紛，有些談牛尾湯，有些談二女爭寵。

「不知心心和護生在不在？太難為她們了。」小宗愈想愈不安，望向佛狸，佛狸依舊笑嘻嘻。

小宗知道，求助佛狸，必定洞若觀火，但總不成次次依賴，尤其關乎自己和兩位好女孩的聲譽。

一學年內發生太多事情，書獃子不再逃避。

叁

半晌，小宗捧着保暖壺大聲道：「靜一靜，跟我來。」男生們起哄，簇擁至梯間，女生們亦追隨下樓了。

牛尾湯

小宗先向管理員桂叔說：「請廣播通知，想聽牛尾湯的事，便到大堂集合吧。」經歷之前交手，桂叔與小宗介乎敵友之間，相當熟稔。好在舍監瑪麗修女駕返歐洲述職，大家樂得當開臨時派對。

不待廣播，大堂已經聚了廿幾人，還不斷增加，轉眼幾乎五十名宿生到齊，不少身穿睡衣。人叢中，小宗發現佛狸、心心和護生也在。有點奇怪，三人沒向自己靠攏，小宗倍感今次要獨力承擔。他把保暖壺放到茶几中央，故意用力弄出嘭一聲，喧鬧稍歇。

「是誰的東西？無人認領嗎？」小宗朗聲道：「那麼，不可能針對『潛水艇』，即是存心戲弄小弟吧？」

喧鬧更靜了。

小宗續道：「牛尾湯怪談，本校上下都聽過。今晚，有這樣一壺吊到我房間來。但我不信鬼的，佛狸也喝過，並無異樣，不是什麼孟婆茶。作弄小弟的人，就在這間宿舍，就在我們當中！」

眾人望向護生和心心，瞧得她們素臉紅透。倒有個女生發問：「要點齊人數和封鎖出入口嗎？萬一，作案者沒下來或半途溜了怎辦？」

小宗以十足偵探語氣答道：「不用擔心，犯人總愛留在現場旁觀。」瞥見佛狸眼神示意嘉許，小宗益發壯膽。

肆

小宗本就帥哥，只是帶點呆氣，此刻忽變威風凜凜，女生們半認真半玩笑地露出傾倒表情，吹起口哨。

小宗索性訴諸讀推理小說的經驗，邊走邊唱：「今次雖然並非刑事案件，但明顯出自模仿犯，模仿鬼故事情節。鬧成這樣，就沒什麼恐怖，而且大家見到，實實在在一壺湯，還要用罐頭，一定是人為。」

生物系同學拿起來研究說：「或者喝盡會見眼珠呢。」嚇得女生尖叫。當然不是，清澈見底的。

小宗道：「有東西吊下來，很自然想到樓上。我樓上住着心心和護生，眾所周知，是我紅顏知己。」

小宗坦蕩蕩，眾人更加促狹，護生羞得垂下頭，心心則挺起胸脯，一副戰鬥格。難得一見她們身穿睡衣。「我究竟喜歡誰多些？」小宗一邊想，一邊問：「那麼，護生和心心，剛才大約十點鐘左右，你們各自見到對方吊下這保暖壺嗎？」

二女搖搖頭。護生道：「我和她都沒離開過房間，你視為互相證明也可以。」

有人說：「不能合謀嗎？」反應寥寥無幾。合謀，便不存在爭寵，不好玩了。

小宗道：「其實，運用滑輪原理，宿舍向北的任何一個單位，都能把湯壺吊到小弟房間。」

登時幾個理科同學發出恍然大悟之聲。佛狸坐在一角，依然沒反應。

伍

小宗拉出平時宿生開會用的白板，拿起水筆邊畫圖邊解說：「本建築物一樓是男生宿，二樓是女生宿，與小弟同樣向北的單位共廿四間，其餘是另一邊向南的。考慮到，天台長期上鎖封閉，地面這層耳目太多，向南的單位亦太難操作。這廿四窗口代表廿四個單位，都運用到滑輪原理。

「為什麼今次的湯會放保暖壺內？原著本應一碗湯放在托盤上啊。因為原著是女在男的正上方；靠滑輪，固然較遠程也可以，但畢竟容易傾瀉，所以要用壺，同時亦反證出，並非護生或心心所為。」

有人質疑：「使用滑輪大費周章，豈非會被發現？」

「不似向南面對飯堂；向北是荒山，人跡罕至，一目瞭然。只要事前留意一下，在窗前做手腳，很難

被發現。時值夏天，大家關窗開冷氣，不愁有人伸頭出窗左右張望。何況，我一直說滑輪原理只不過學名，實則上……」小宗頓了一頓，大膽推測：「魚竿也是一種滑輪，不用大費周章安裝，隨時可用。

「常見魚絲分為尼龍和氟碳樹脂，後者俗稱碳線，拉力強，伸延性較低，適合懸掛重物，以一小壺湯不超過兩公斤計，用一至二號線已經綽綽有餘。魚竿本身伸縮自如，放線收線也方便，只要手力足夠，位置遷就得宜的話，在二樓甚至一樓任何房間都遠程控制到。」

小宗繪着圖說明，大眾目光卻移向場中某人，愈來愈密集，某個女生說：「胖妹，你不是有魚竿嗎？」被包圍的胖妹人如其名，黑實粗壯，此刻臉上變色。

小宗猛然記起胖妹是釣魚冠軍，就住在心心和護生隔鄰，容易操作……又有個女生道：「胖妹，你房間今晚不是一個人嗎？」室友未返，客觀條件亦符合了。

胖妹強顏道：「開個玩笑而已，對不起。」等於不得不承認。

讀心理系的心心忽然專家口脗道：「牛尾包含性意味。」

胖妹掩臉逃跑。可能出於愛慕小宗，可能出於嫉妒，陷害心心和護生吧。

本來，小宗只想論證二女非必然作案者，既能人人做到，等於人人無嫌疑，天下大吉了，詎料發展成這樣。他放下水筆，退在一邊。

宿生們也陸續散去。

陸

剩下佛狸、護生、心心和小宗留在大堂。好朋友永遠守到最後。

深夜一身絲質睡袍的心心更顯得嬌慵艷麗，打着呵欠道：「今次又證明沒牛尾湯女鬼嗎？」她剛才一句話逼退胖妹，雖稍嫌狠辣，但乾淨利落，是個不容欺負的揚眉女子。

佛狸像剛剛睡醒，搖晃食指道：「存在就是合理。我們在這間大學遇過的怪談，幾荒誕不經也罷，仔細咀嚼，都有可堪玩味之處，甚至某程度上能找到解釋，虛實相呼應，否則不可能悠久，所以，我從不否定校園怪談，有些根本屬於日常推理，只不過日久語焉不詳，錯摸蒙上神秘面紗。純粹新創作，徒然多精采，流傳不廣，缺乏質感之故也。」

牛尾湯

小宗道：「什麼質感？」

佛狸道：「例如，為何要煲牛尾湯？換轉編劇創作，應該煲紅豆沙更浪漫，紅豆相思嘛，或乾脆省略名目。那為何是牛尾湯？於是你聯想到源自真人真事，才會如此具體，細思極恐。

「有作者的鬼故事不恐怖，沒作者才引人入勝。」

護生害怕道：「所以，你指我們真住在死過人的凶宅？」她睡衣是褲裝，比心心樸素。

佛狸摸着光頭道：「明天講吧。」

小宗道：「現在不講？」

佛狸道：「因為飯堂賣完例湯了。」他伸伸懶腰，沒忘記自己初心來「屈蛇」。

柒

一夜折騰，四人第二天沒課，醒來梳洗，會合，已近正午時分，索性兩餐兼作一餐吃。

飯堂在他們宿舍向南對面。

「明火例湯就是與罐頭大不同。」佛狸邊呷着，邊向大小姐讚不絕口。

大小姐等於老闆娘，四十出頭，據説飯堂是她從父親接過手的，所以大家都叫她大小姐。午市時間尚早，顧客不多，佛狸率三人索性坐大小姐收銀處旁邊的枱，聊天暢談。

大小姐風騷熱情，嬌笑道：「佛哥哥耍嘴皮，轉頭撈湯料豬肉請你吃。」

「為什麼從不賣牛尾湯？」佛狸此句是

牛尾湯

對三人說。

心心道：「對啊，在這間宿舍旁賣牛尾湯，簡直名物！大學生百無禁忌，反會大受歡迎。」

小宗道：「而且我認為凶宅之說不太可能——真發生過自殺的話，應該像家兄般有新聞報道，房間也會空置（見本書〈赤繩記〉），但我們宿舍沒有。」

護生道：「煲牛尾湯程序挺複雜。新鮮牛尾在街市可遇不可求，斬剁困難，還要刮毛、去皮；急凍的也要汆水、辟腥。」

佛狸道：「所以胖妹存心搗蛋，卻開罐頭充數，騙不到我黃金舌頭的。比起用上魚竿技術，煲真正牛尾湯更高難度。」

護生道：「先別說宿舍禁止明火煮食，霸佔全層共用的電爐來煲數小時老火湯，亦不切實際。」

佛狸搖晃食指道：「那麼，當年的牛尾湯怎樣煲成？」不知何故，他今天說話比平日大聲。

捌

眾人一呆：故事中女主角寄宿，能獲分配宿舍通常住得遠，若說她每晚從家裏煲完湯，再帶回宿舍給男友，就太不合理了。

佛狸侃侃而談：「牛尾不同鹿尾羓的尾，但以形補形，心心昨晚說得對，含有性意味。」

心心道：「反映她性格進取、不矜持。」

「同樣進取在，事情極張揚。我不知原版發生於哪邊單位。南向飯堂，熙來攘往；即使北向，廿年前宿舍沒冷氣，大家打開窗通風，容易伸頭望到。雖然男女分層有門禁，但在梯間交收即可，何必麻煩？吊湯與其說默默傳情，毋寧高調宣示主權。」佛狸道：「我又想，如果女主角並非宿生，才有理由用此怪招。故事一直只提男方讀醫科，沒提女方的科系，豈非可疑？」

大小姐像聽得入神，渾忘撈湯料一事。

佛狸續道：「小宗拆解得好，滑輪原理，任何位置都能做到。大家直覺認定從二樓吊下一樓，其實從室外吊上一樓也是吊。逆向思維，撇開魚竿，滑輪裝置，經營辦館和舊式小店者很常見，錢箱靠它飛來飛去收銀——現在當然無需要。」

心心望向收銀機。

「小宗又破解得好，保暖壺沒誠意；原版以托盤放湯碗，象徵舉案齊眉嘛。如何防止傾瀉呢？便合上碗蓋。碗蓋、托盤，是餐廳專用之物，普通人家未必有。」佛狸把例湯一飲而盡，說：「集齊專業廚藝、大廚房、有餐廳專用品、住在附近卻並非宿生、可能懂安裝滑輪等條件，歲數和性格又脗合，近在眼前！」

玖

終於明白佛狸大嗓門的原因，他根本說給大小姐聽；亦明白了，愛搭訕的大小姐何故今天沉默。

大小姐四顧沒其他食客聽到（佛狸控制音量恰好），示意店員替自己接手收銀處，逕自走過來坐下，低語道：「佛哥哥聰明。」

佛狸點頭致意，也回復正常聲線道：「我姑且一試而已，難得你大方承認，否則我沒戲唱。」

大小姐道：「我今天早市聽學生提起，昨晚胖妹玩笑開得夠大。多年來，只你一人看穿；但你錯了一點，我真住他樓上啊。」說時幽幽遙望宿舍，細看她的鵝蛋臉，風韻猶存。

護生和心心對望一眼：女鬼竟變老闆娘？

大小姐續道：「老爸開這間飯堂，我自幼幫忙，你們未出世呢。到我唸完中學，更每天凌晨回來，負責煮粥和例湯，看管爐火。有時晚市收工太疲累，胡亂睡在後欄過夜。

「舍監瑪麗修女善心，見我辛苦，破例安插我宿位，我曾與你們某師姐做室友呢。那段日子前後，我和瘟神交往，所以既在室外吊過，貪玩又在二樓吊。」

心心見她娓娓道來洋洋得意，遂不怕問：「瘟神是醫科生？」

「臭美！瘟神欺騙了我感情，就嫌我襯他不起。他愈避，我偏愈吊，弄得街知巷聞。」大

牛尾湯

小姐忽然洩氣道：「後來事情鬧大，對瑪麗修女抱歉，我至今不敢賣牛尾湯。」

鬧大？小宗閃現胞兄在另一間宿舍的慘案，不禁一寒。

大小姐道：「有一晚，我如常引他伸頭出窗，直接把湯倒到他臉上。」

護生驚呼。大小姐道：「稍等，待我先回覆寶貝女的放學短訊。」護生心頭一寬，登時想起她已結婚生女，夫君正是這裏大廚，然則，當年應未至於搞出傷亡。

大小姐放下手機道：「我待湯攤涼才倒，算有情有義吧。瘟神向校方投訴，到醫院實習便沒再回來，我也不好意思住下去。

「頭幾年最難捱，瑪麗修女亦承受非議，大家指指點點，一時訛傳我用滾湯燙死他，僥幸脫罪，漸漸又說成燙致他毀容。幾年之間，同輩學生陸續畢業，傳聞湊合變為鬼故事，愈吹愈遠，於我，反而困擾減輕了。

「陳奕迅教落，人總需要勇敢生存。是不是？」

小宗自慚情路優柔寡斷，暗暗警惕，卻道：「我們掀起舊事，你不介意嗎？」

大小姐看着佛狸，似笑非笑道：「戀愛史無論甜或苦，憋在心裏太久，想傾吐出來，何況都一把年紀。佛哥哥識貨，下次，請你喝老娘獨門牛尾湯。」

外篇

沒齒難忘

佛系推理

壹

老牙醫遞給病人鏡子，輕輕說：「大功告成。」

病人端詳着，他同樣白髮蒼蒼，照鏡看牙齒，毋寧更像照清自己皺紋。

「手藝真好。」病人讚道：「杜醫生你對牙齒很有感情吧？比那些『黃綠』細心得多了。」

老牙醫瞥一瞥覆診資料姓名欄，淺笑道：「元先生，牙代表人的骨相。畫虎畫皮難畫骨，知人口面不知心。怎樣知道一個人內裏好不好？古人相信牙齒是唯一外露的骨頭，以前人口販子格外留意孩子的牙，來評估貨色呢，謂之『看牙口』。雖然觀念不完全正確，但牙齒實在反映很多事情。」

姓元的病人道：「你的口腔不像西醫啊。」

老牙醫道：「不怕見笑，我在內地讀牙科，考香港牙醫管理委員會的許可試而執業的，所以習慣不靠護士幫。其實留意門口招牌的英文就知，但誰會留意？」

病人從牙椅坐直身子問：「那你又告訴我？」

老牙醫嘆道：「多年來，這身份畢竟遭受些歧視。不瞞你說，今天是我最後一天，現在已經黃昏，元先生大概是我最後的病人，所以都沒所謂了。」

病人道：「如此有緣啊……難考嗎？」後半句指執業試。

「難。」老牙醫停下收拾着器具的手，緬懷那場近乎不可能的任務。執業試門檻奇高，意義根本在於謝絕外人入行（香港大學學生則免試），及格率近乎零，卻給他考到了。

註冊牙醫杜根，終於名正言順。

可想而知，內地畢業者，不少經歷過在城寨非法行醫的黑暗歲月。

今天一九九七年六月三十日。

貳

姓元病人注視道：「你的手仍很穩定。」

老牙醫苦笑道：「不中用了，私人執業沒退休年齡限制，但自己知自己事，做這行，手一抖便誤己誤人。」

病人道：「我們拿槍的手也要絕對穩定。」

老牙醫一怔，再看清覆診資料——元算僻姓，兼且姓元名珪，如此特別，自己竟然沒留意。

「元警官，四十年不見了。」老牙醫像又醒起什麼，按着對講機向外頭護士說：「陳姑娘，病人元先生是我朋友，待會不用收他診金。」

病人連忙搖手道：「不，我不是這意思。」

老牙醫幫着他調節牙椅至坐得舒服，一邊笑說：「對對對，我真傻，元警官是公務員，有公家醫療……」

病人道：「正如我說，我欣賞你手藝。」

「哪裏哪裏。」老醫生翻着資料說：「今次第三次覆診，之前怎不表明身份？」

病人道：「你們牙醫飽人不知餓人飢呀，牙未整好何來心情說話？上次你還一邊給我帶牙套一邊搭訕，可以怎答？」

兩個老人哈哈大笑起來。但氣氛很快乾澀。

病人忽然問：「真的今天最後？」

老牙醫點點頭。

病人道：「那麼，有些事情要弄清楚。」

老牙醫若有所悟，再度按向對講機說：「陳姑娘，今天已沒其他病人吧？你可以鎖門先走，我和元先生多談一會。」

叁

時間回到一九五七年。

元珪二十出頭，剛由軍裝調遷至刑事偵緝處探員，駐守九龍城。

常說九龍城寨屬於三不管地帶，但總有些案件非要警察出動不可的，例如：屍體發現。

元珪這天大清早隨上司第一次進城寨。上司提醒新丁說：「入去，別太招搖，但也不用怕，我們有槍的。」

拿槍的手要絕對穩定。

那時標準配備 Webley MK5 型點三八口徑拗輪。

在一處勉強算垃圾站的地方，女屍像垃圾般躺在一個大行李箱上。

遠遠圍了幾重旁觀者，有婦女、老人、不用上學的小孩，但更多是黑社會在睥睨監視。

上司罕有地收斂，自行低聲向發現者（倒糞的婆婆）問訊，打個眼色，示意元珪檢查屍體。

當年沒嚴格法證觀念，元珪是為自己着想才戴上手套。女屍很年輕，廿五歲吧，死去不久，模樣不算恐怖，甚至稱得上漂亮，但頸上明顯有勒痕，分明被殺，兼且光天化日丟在路邊，令人不寒而慄。

耳畔聽着夜香婆向上司說今天黎明來拾荒時發現。城寨人口密集，膽敢大剌剌棄屍大概只有半夜時分，估計兇手即殺即丟，所以果然死去不久。

夜香婆囁嚅：「我不認識她，她不是這裏的人。人命關天，我才報警呀。」

上司沒好氣說：「那麼，其他並非命案就不用報警？」

女屍衣著土氣。城寨一窮二白，衣衫襤褸很正常（風塵女子另計），但總覺格格不入。

元珪站起，視線移向陳舊的行李箱，心想：「如果行李箱屬於她，結合夜香婆說她並非城寨居民，這身服裝根本像個內地人。偷渡來港？客死異鄉？隨身帶着行李，初來乍到第一晚便被殺？真可憐。」

看清女屍臉容，以被勒死來說，未免顯得太安詳吧？還有，窒息者會雙唇緊閉嗎？嘴形橫看豎看怪怪的。

元珪再次蹲下，輕輕扳開女死者的口，嗯，尚未完全僵硬，突然，大量血水流出來。元珪縮手不及，幸好戴了手套，唯暗嘆倒楣。

屍體口腔殘留血水不出奇，但今次多得過分，決堤似地涓涓直下，良久方休。元珪冷靜後，拿隨身電筒往內一照，他的口不自覺像女屍的口張得大大。

死者竟沒一顆牙齒，全給拔光！

青年探員抬頭，晨光熹微，有點暈眩，觸目剛巧幾塊「牙科」、「補牙」、「鑲牙」的黑市招牌。

這裏是九龍城寨。

肆

老牙醫道：「比起那場難忘經歷，我往後這數十年只算淡如開水了；元警官不同，你一定精采刺激。」

病人暫停憶述，問道：「杜醫生事業有成，診所這麼精緻，想必也兒女成群吧？」一邊環顧四周。

老牙醫嘆道：「考獲執照，結婚生子，然後，兩年前老伴走了，孩子在外國畢業不再回來，今天退休，診所頂讓給人。我覺得人生像個寂寞畫廊，美好的東西展覽完，到頭來一場空，在這一九九七年六月三十日結束。」

「我比你更早退了休呢。」病人視線停在櫃子頂部一個頭骨模型，牙齒顯得格外突出，奉承道：「杜醫生對牙齒真有感情。」

老牙醫道：「敬業樂業而已。」

病人道：「謝謝你教導。」

老牙醫啞然，摸着半禿的後腦，失笑道：「說起來，當年元警官為什麼選我？」

病人道：「對，為什麼呢……」

伍

一九五七年冬天。

探員元珪匆匆向上司報告女屍的古怪狀況，低聲道：「很可能是牙科事故。我建議愈快去偵查愈好。」說時又望向那堆無牌牙醫招牌。

上司咋舌，聞所未聞，頷首同意，自行和其他下屬留在原地工作。

元珪即往牙醫街飛奔，惹來幾個圍觀的城寨地頭蛇側目，元珪都顧不得了，其實他也茫無頭緒，只一味向前衝……

迎面招牌寫着「杜牙根」，仔細看，「牙」字較大，上下兩字「杜」和「根」合起來應該是人名，黑市開業者不敢明目張膽自居牙醫的。元珪暗笑：「好傢伙，天生做這行嗎？」推門便闖進去，喝道：「杜根！」

室內分不清是舖是居，中央放一張斜躺的牙椅，還晾着衣物，破舊沙發權充客廳兼候診區，摺枱上的牙科器材倒井井有條，炊具近在咫尺，還擺滿書，全屋幽幽暗暗。

當年警權高張，擅闖民居毋須忌憚。元珪年輕臉皮薄，本來對此不以為然，但思及人家非法經營在先，登時剛強壯膽。

一個精瘦白皙男子從房間鑽出來，睡眼惺忪不知所措。想想也是，除了垃圾站趁熱鬧者，清晨時分，大部分居民猶在夢鄉呢。男子搖手道：「不關我事啊。」

「這裏的人受黑社會欺壓慣了，開口便求饒。」元珪心下歉意，嘴巴卻硬：「剝牙剝死人關不關你事！」一邊揚揚證件道：「警察。」

男子睡意全消。

元珪道：「你叫杜根？」

男子點頭，眼睛卻盯着。

元珪隨口套取他從內地偷渡來，領取了身份證，三十一歲，單身，開業兩年。杜根打斷道：「警官，請問……」看得出他雖然身處弱勢，猶帶醫者特有的傲骨。

元珪憑直覺跑入來，霎時不知從何說起，要嫌疑附近診所間間有嫌疑，要搜屋更無搜查令，便道：「外頭有具女屍全部牙齒拔光，知道是哪個行家的傑作嗎？」

杜根傻眼道：「一次過剝廿幾三十隻牙，本身已經會弄死人啦，正常牙醫怎會這樣做？」

元珪一呆，猛然醒起這常識自己也聽過，卻冷笑道：「你們算正常牙醫嗎？」

僵持之際，大門開處，一個同袍跑進，附耳道：「圓規（元珪暱稱），老闆（上司）不放心，叫我跟來。這裏是城寨，別亂來，黑市醫生不歸我們警察管，先行回去吧。」

元珪尋思片刻，抬頭道：「杜醫師，請你協助警方調查。」

是真正邀請協助調查，彬彬有禮的。

其時前線警察學歷偏低，輕視法證，元珪好歹中學畢業，愛吸取西方知識，剛才被杜根一言驚醒夢中人，頗感慚愧。發生在牙醫街旁的「無牙命案」，這麼巧合，何不虛心請教？

雖然是個寒磣的冒牌貨，元珪愈看愈覺杜根氣宇不凡，一身衣褲破舊補丁，卻洗得發白，一塵不染，身材又高，顯得鶴立雞群。

「我叫元珪，一元兩元的元，王字邊的珪。」甚少探員紆尊降貴向市民如此自我介紹。

杜根道：「是玉部的珪吧？警官與一個古代皇帝同名啊。」

元珪當然聽過父親講解自己名字的典故，卻不禁佩服杜根博學，看來他兼通文科和理科，難能可貴了。「政局與文憑，埋沒幾許人才。」元珪憶及，爸爸也是鬱鬱不得志的讀書人。

沿途略述案情，再三拜託。抵達陳屍現場，俗稱「黑箱車」的特種車輛已到，準備移走遺體。

圍觀的街坊見杜根被探員帶來，起了哄，議論紛紛。

上司怪眼一翻道：「圓規，你搞什麼啊？」

元珪敬個禮道：「老闆，近水樓台，何不聽聽專家意見？」

上司哼一聲，不置可否。

元珪立即叫舁夫暫停搬屍。聽同袍説，那件大行李箱沒人認領，似乎果然屬於女死者的，已撿去當證物，除此以外，未見其他明顯痕跡；問訊亦毫無斬獲，估計兇手在半夜棄屍，天寒地凍，又缺乏街燈照明，所以神不知鬼不覺。偵緝處正要收隊，留下軍裝警員仍封鎖多一會便算。

再看杜根時，已經一臉凝重地跪在女死者身旁，雙手合十，唸唸有詞。街坊愈發指指點點。

「也難為他了。」元珪暗暗發願，「總有一天，香港要引入科學鑑證。」

柒

杜根神情痛苦問：「真的流出滿口血水嗎？」

元珪點頭，心底又一次惻然，補充道：「沒遭侵犯痕跡。」

杜根道：「我說過，即使多嚴重的牙患，牙醫不可能替病者一次拔光，這本身就會死人。」

元珪道：「正因為弄死人所以棄屍？」

杜根搖頭道：「你以為電影情節私刑逼供嗎？」

元珪靈光一閃道：「金牙！金牙！這女子因為滿口金牙，遭歹徒謀財害命，自然要拔走啦。」

杜根也像如夢初醒道：「世界不安寧，的確有客人來城寨鑲金牙的，安全過藏錢在家嘛。但她並非我經手的，我沒見過她，更沒謀財害命呀。」

元珪蹲下來，打斷道：「她也未免穿得太寒酸，而且，年輕女子會喜歡鑲成滿口金牙嗎？」

杜根道：「有人為了炫富；有人為了財不露白，只鑲在臼齒。」

「只鑲在臼齒，可惜還是被歹徒發現，於是謀殺、勒死。不過，求財的話，取下鑲了金的牙便好，何必全部拔光呢？除非想掩飾什麼……」元珪陷入深思，覺得與這無牌牙醫對答比同袍有啟發性，渾忘身處貧民窟，忽然又道：「你剛才說私刑逼供？」

杜根囁嚅道：「對俘虜對間諜，逐隻牙邊拔邊拷問，也是有的。」

「間諜？」元珪心頭一凜。與小市民心目中相反，生活於此便以為香港平凡，其實辦案人員知道，香港，任何時代都是全球間諜最活躍的城市。一九五七年，正值國共兩黨在這裏角力，冷戰以來東西方陣營在這裏套取情報。

尤其九龍城寨三不管。從死者的衣著、行李和沒身份線索，幾乎可以斷定她從內地偷渡來。城寨作為非法入境者藏身落腳之所，司空見慣，卻何故神秘被殺呢？若間諜的話，就解釋得通，何況……

「你知道把毒藥鑲在牙齒裏嗎？」元珪搖晃食指問，心裏漸形成答案。擒獲女間諜，趁她未趕及（或沒勇氣）咬破牙內劇毒自殺之前，率先拔掉毒牙，結果可能問到可能問不到，總之勒殺棄屍，但慮及屍體獨獨新鮮失去一顆牙齒太奇怪，為免被聯想到是間諜事件，遂索性全部摘掉？

元珪一邊想，赫然上司不知何時已在杜根身旁駐足，留神得眉毛揚起。上司道：「圓規，還磨磨蹭蹭幹啥？收隊。」

元珪見大夥兒登車了，望着杜根待說些什麼，同袍拉他走。

一別，四十年。

捌

目送那怪獸般的建築群，警車上，元珪罔顧大清早出勤的上司在小睡養神，仍衝勁十足分析案情：「至於其餘牙齒，或者逐隻逐隻剝來逼供，或者死後才一次過……」

上司連眼都不開道：「圓規，交給政治部。」

元珪怔道：「政治部？」

上司喃喃道：「你讀太多偵探小說了。不過，懶管她真間諜假間諜，一旦發生疑似事件，還是交給政治部的好。」

元珪不作聲，上司明明閉目卻像看透他道：「城寨鬼地方，我不願再來，今次手足能全身而退已算走運，你以為社團熱烈歡迎我們踩場子嗎？遍地陷阱呀。這種無頭公案，由得政治部去瞎子摸象吧。」

駕車同袍從倒後鏡望來的眼神也冷冷的。

政治部成立於一九三四年，英文原名Special Branch，特別分部之意，更諱莫如深。它架構上隸屬於皇家香港警務處刑事部，實際上直接由英國軍情五處第二處指揮，負責反間諜及收集情報等特殊任務，成員盡是精英，華人甚少，一般警察根本望塵莫及，遑論考進去了解內情——實情亦不想，因為沒啥油水。

首先過不了英語一關，元珪想起不少同袍近乎文盲，作風顢頇落伍，見縫插針便卸責，事事不如人，暗暗嘆氣。

政治就是複雜技巧。

上司打個呵欠道：「還有，以後別找什麼無牌醫生，不抓他已經算他走運。扮專家，哼！」

玖

一九九七年六月三十日黃昏。

「原來有這層轉折，難怪此後沒見過你。」杜根置身自家診所，裝潢設備與當年城寨前舖後居不可同日而語，恍如隔世，卻畢竟明天要頂讓給人……思念及此，雖然元珪和自己一樣糟老頭了，但回歸大日子，纏着牙醫嘮嘮叨叨舊事至入夜，未免太不知情識趣吧。見元珪遲遲沒回應，杜根道：「不過，好像也沒見政治部來城寨調查呢。」

元珪把牙科專用椅當成家中安樂椅般坐得舒泰，淡淡道：「政治部辦事，並非普通人能察覺。」

「這樣啊。」老牙醫以為退休探員有什麼故事接着要說，但似乎不是。對答又停了下來。元珪之前表明並非求減免診金，假使他現在開口要錢，杜根自問亦肯酌量周濟，斷斷續續反而令旁觀者都替他們尷尬——有的話。實情是，護士已被通知下班。今天，人人想早些離開。

元珪卻繼續盯着骷髏頭骨模型。

杜根打圓場作出結論：「總之，當年承你錯愛，我反而怕耽誤、拖累了元警官呢。」隱含送客之意。

「是呀。」元珪大力點頭道。

杜根呆了。任誰都知這是客套話，如此回答究竟什麼意思？

拾

一九五七年。

元珪在隊中算英文良好，轉介信順理成章由他起草。元珪心不甘情不願，上司叮囑別提無牌牙醫的所謂專業意見，只說疑點指向間諜事件即可。其實，在完成文件往還之前，屍體、證物和現場紀錄已經第一時間移交政治部，偵緝處樂得抽身而退，年長同袍們更公然慶幸免卻麻煩。

元珪不服氣。

最離譜是，政治部竟自此再無消息，形同泥牛入海。「好歹我們本來是主場啊，就毫不用溝通嗎？」

「反間諜這回事，愈保密愈穩妥吧。」肥胖上司一邊煞有介事自圓其說，一邊也難掩沒趣，想在下屬面前討回些尊嚴。

一九五八年，邵氏兄弟有限公司成立，醉心電影的元珪相當留意。它縮寫為 SB，與政治部英文原名 Special Branch 簡稱一樣。一樣高深莫測的夢工場。

一九六二年，首部占士邦片《鐵金剛勇破神秘島》上映，讀過 007 原著小說的他，連看幾次。

此後，元珪另外遇上棘手案件和刻骨銘心遭遇，閱歷成熟不少，人生目標始終是爭取調任政治部！

一具年輕卻無牙、被勒死卻臉容安詳的女屍，太難忘了，雖然與幻想中妖艷形象的特工大相逕庭，但實實在在血水流經過自己的手。

草莽社會，為錢為權而當差；元珪不好意思告訴人，他理由如此原始，喜歡破案解謎。

何況進度被白白浪費？

終於，戴麟趾時代，元珪如願以償。港督戴麟趾，下一任麥理浩，輪到開啟前途談判序幕了。

拾壹

考入政治部，元珪已屆中年，明白工作並非如想像中刺激，尤其華人不會受重用，通常負責文書和支援。

翻出名為《城寨無牙女屍》的卷宗，元珪暗嘆一口氣：「總算他們知道詭異所在。」細閱下去，官樣文章一輪後，結論卻是「擱置處理」。

歲月磨滑了他棱角，沒衝動急於問，又等了半年混熟關係後，元珪才向反間諜分部E組（重點防範來自中國特工活動）的主管借意聊起。

「噢，你守過九龍城寨？夠邋遢的。」混血兒主管比元珪年輕，說話中英夾雜：「這案怎查啊？忘記它，每天邊境不知幾多偷渡客送命啦。」

元珪道：「但女死者被拔去全部牙齒，豈非想抹掉特工身份嗎？」

「你指特工假牙內藏毒藥的玩意？」混血兒主管冷笑道：「老子在蘇格蘭場受過訓呀。牙關，的確是人體最強肌肉，咬合之力非同小可。但我問你，毒藥機關要怎樣設定呢？容易的話，

半夜不小心磨牙，求生不得；太難的話，被俘虜時咬極不破，求死不能，違背緊急自殺原意。到頭來，根本無從拿捏堅硬度，而且人人牙力差異，並非技術上不成立，是邏輯上不成立。」

元珪語塞。

主管道：「三毫子小說的情節，虧你相信。死去的應該是個普通人，遺物行李箱內盡是些舊衣物，沒其他跡象顯示她做特工呀。」

元珪道：「那麼，為何不發還刑事偵緝部門？」

主管笑得更放肆了：「傻的嗎？說你們判斷錯誤？抑或說我們辦案無能？做政治部啊，還是保持神秘兮兮好。」

元珪默然。

末了，主管說：「圓規你也奇怪，在外邊撈不到油水嗎？來這裏蹲？」

拾貳

一九九七年。

杜根道：「料不到元警官後來考入政治部，厲害。」

「政治部九五年解散，我已經提早退休。」元珪淡淡道：「時移世易，你由偷渡客考成正牌牙醫，才厲害、才風光。」

杜根暗忖：「莫非他因此要來看私家診所？」老牙醫多麼想故人是為討小便宜而來……便道：「原來我道聽塗說，誤導元警官多年，失禮了。」

元珪道：「我都曾經以為是。」又一次不按牌理對答。

「我恍然大悟，以為你是個混飯吃的江湖郎中，便沒放在心上。」元珪續道：「直至今次，偶然逛街見到招牌，杜根名字太有趣，不作他人想。同時我聽聞，海外牙醫執業試為了保護本地畢業生，門限極高，形同虛設，這樣都給你考到，你果然真材實料。警察主管也懂的常識，你大醫生怎會不知？

「你在故意誤導我。」

杜根微笑。

元珪道：「我為什麼而來？」

杜根道：「你說吃東西咬崩牙嘛。」

元珪道：「倒是事實，發現你招牌，我便進來光顧。洋同僚獲安排返祖家了，被標籤為末代英國走狗，我不願再去看公務員醫療。我有個頑皮孫兒，問我：『要不要試試相思的滋味？』他拿出包涼果叫『相思梅』，我抓來吃，老牙齒一咬即崩——原來那小子把梅肉吮光，留下梅的核在包裝裏。他起初還抵賴，說這款零食樂趣正正在細啜核味，我也猶豫好一會，因為倒出來十幾粒全數是核，乾乾淨淨沒帶一絲肉，會否本來就如此呢？

「一顆是反常，顆顆反常加起來則產生正常的錯覺。令你想起什麼？

「惟有找牙醫吧。孫兒又笑我：『爺爺，不用補，請牙醫把你所有牙齒拔光，讓人以為你本來就無牙，便沒人笑你吃東西不小心了。』

「又令你想起什麼？」

退休探員逼視着老牙醫。

拾叁

「同等道理。」元珪道：「女子看完牙科，死了。為免被發現有剛補牙或脫牙之類痕跡，索性全部拔光。豈非小孩也懂？」

杜根道：「你認為是醫療事故？」

元珪搖頭道：「回到第一步，我由陳屍的垃圾站，首先奔到你診所，為何會這樣？因為你那間最接近現場。反過來說，雖然天寒地凍、夜闌人靜又沒街燈，運送屍體畢竟風險度奇高，不敢走長途，兇手犯案後通常極度緊張，未必什麼深謀遠慮，總之唯求盡快丟棄垃圾般的心態。所以，若果然牙醫殺害病人，客觀條件，你本就嫌疑大。

「但正因為太顯淺太撞彩，熱愛推理令我壓低直覺。人呢，究竟相信理性抑或動物本能的好？」

「你當自己獵犬嗎？」老牙醫吃吃笑，一邊百無聊賴撥弄針藥。

「別輕舉妄動！」元珪突然喝道：「你問我怎麼完事才相認？否則，天曉得杜醫生會給我打哪種針？」

杜根的手垂下。

拾肆

「仔細想來，你不算智慧罪犯。」元珪道：「當年我闖進你城寨貴寶號，你劈頭求饒說：『不關我事啊。』活脫脫被揭穿的樣子，假如我再嚇唬你一頓，說不定便自暴自棄招供了。

可惜我立志做個文明警察，不屑學同袍。

「當你摸清我只是來查詢而非拘捕，漸漸膽壯，開始盤算如何小心應對，有望逍遙法外了。自詡青年幹探如我，被你幾句牙科知識吸引，一心羨慕外國法醫那套，還邀請你去提供意見。」

杜根道：「我無牌的，貽笑大方。」

「不不不，你真材實料。」元珪搖晃食指道：「你當然怕去，卻不得不硬着頭皮，更沒想到可以順水推舟把我引入死胡同。你見步行步操控我思路，最後，連我上司也入巷——或者，他只為有個藉口卸責給政治部。」

杜根道：「我不知道……」

元珪道：「我再說一遍，一位日後考獲比登天還難的甄別試高手，會不知道間諜鑲毒牙純屬子虛烏有嗎？我提出來時，你何不指正我？」

杜根臉色下沉。

元珪道：「我自作聰明；你則聰明在，誘導對手自行想出錯誤答案，洞悉人性的虛榮。」

杜根道：「就算我醫療失誤，值得為此殺人嗎？不可能吧。」

元珪道：「我沒説醫療失誤。」

杜根一怔，不禁望向櫃頂的骷髏頭模型，同時驚覺：元珪亦正第三次盯着它。

拾伍

「我受孫兒所累才找牙醫，偶然發現你招牌，才想通上述因果，只未想通——那女子是勒死的。即使病人昏迷，也就導致昏迷罷了，不可能比謀殺大罪；如果因為與病人爭執，則病人還清醒，禍不算闖得大，在城寨行醫自有方法擺平，更不必殺人。所以，她來看牙歸看牙，送命歸送命。」元珪伸手一指：「是情殺。直至我瞥見這骷髏頭，作為展示品，它的牙齒不夠潔白整齊，我老花望不清，感覺像真牙。今次我不再放過直覺了，直接想便來自無牙女屍吧。為什麼你把它珍藏供奉着？聯結到死者疑似偷渡客，我猜她是你愛人，千辛萬苦抵港卻遭你毒手。對不對？」

一口氣說破，元珪暗忖彼此一把年紀，自己勝在老差骨戰鬥力較佳，無懼他當場發難。果然，杜根只乾瞪眼。

元珪保持戒備道：「政治部將遺體火化前，拍攝了顎骨X光片存檔，應該可與這批牙齒脗合。你竟留下證物。」

杜根全身一震，頹然跌坐，良久，苦笑道：「若我改換名字，茫茫人海，你未必留意姓杜的牙醫。但我喜歡讓名字吐氣揚眉，正如你說得對，我對牙齒有感情，何況是我沒過門妻子。

「小霞她，自幼便牙齒不好，都是廉價消炎藥四環素害的，你們吃飽穿暖怎會知生活苦？」

元珪心想自己童年時香港不比大陸富裕，卻任他說好了。

杜根續道：「我和小霞青梅竹馬，約定我來港碰機會，安頓後再接她。她在廣州等了兩年不耐煩，逕自偷渡摸上門，一時說牙痛，一時說要住下來，一時又說要我返大陸陪她……」

元琟道：「你變心了。」

杜根道：「我先替小霞杜孖牙根，她繼續吵。我說：『鬧下去鄰舍聽見，你未領身份證會惹麻煩。』小霞咆哮：『本姑娘天不怕地不怕，尋尋覓覓到夫家這裏，也不用問路！』」

元琟冷冷道：「你獲悉小霞作為偷渡客沒接觸過其他人，更沒城寨居民知道是你妻子，便起了殺機？」

杜根已然豁出去，索性剖白：「我在香港交了新女朋友，三不五時來城寨探我。可以怎辦？」

元琟哼一聲。

杜根道：「我和女友上夜校認識的，她便是日後與我結婚生孩子的太太，全賴她支持我考試，賢內助。

「元警官，你努力調遷政治部，我也人望高處啊！在城寨掙扎求存，每晚惡補英文，難得有一線出頭天機會，我不想跟小霞返去呀！」

元琟沒好氣道：「你最想怎樣？」

杜根跺腳道：「我想小霞一直留在廣州，只要我成為正式牙醫，養兩頭家有何難？不會讓她捱餓的。」

拾陸

元珪道：「可惜你現在一無所有了。」

「你說得對，你說得對……」莫講謀殺，多年來，杜根連大陸有未婚妻也未向人透露過，鬱結難言，此刻敗局已定，反而要傾訴個夠：「我在香港娶的太太，幫我生兒子、創辦這間診所，兩年前掉下我，兒子在外國不回來。我白忙半生，牙醫都做到了，就是欠小霞沒還。你來得正好。」

元珪閃過一絲猶豫：抓一個七十老翁去終身監禁，究竟有何意義呢？

「老伴有幫夫運，無可挑剔；小霞倒是永遠年輕任性的小女友，永遠牽腸掛肚，這兩年我在想，早知當初隨她返大陸好了。」杜根道：「你以為我不痛苦嗎？如果她那晚不吵翻天，我不會勒住她的……」

元珪大聲道：「如果你肯公開和她的關係，怎會怕驚動鄰里？」

杜根像沒聽見，自顧自道：「小霞睡着了，非丟棄她不可了，今生今世無法見面了。其實土葬火葬又何嘗能夠見面？我想到，反正得掩飾剛治療過的痕跡，何不全部拔下來留紀念？牙齒是不朽的，我要小霞永遠陪伴我，至今我三不五時替她潔淨一下，不忍收在保險箱。元警官，你運氣好，若不是這段情意結，你根本沒證據。

「不過，藏葉於林，嵌在頭骨模型，我原以為最安全，你能發現，還真本事。

「然後，正如你說，我連麻包袋也沒有，就肩負着小霞和拉着行李，乘夜去垃圾站，有一刻想過就此被撞破一了百了。回家倒頭大睡時，又心懷僥幸：莫非城寨果然三不管？當死豬死狗處理？直至你闖門……

「我想過坦白認罪，但聽着你愈扯愈遠，不妨見縫插針。你的智慧幫了你，也累了你。

「元警官，你知道我為何那麼在意小霞滿口鮮血？」

元珪黯然道：「後來我知道。」

「有進步。」杜根點頭道：「當年警察的科學知識零蛋。傷口會大量出血，是活體反應啊！我拔完牙，替小霞整理臉容，不想她張口吐舌，想她繃緊雙唇莊重些。天曉得，她竟未全死，血便在口腔內流。我聽你説，你扳開她嘴巴，那刻她當然已死，積在裏面的血水便流出來。她半夜躺在冰冷地上究竟如何安息的？我跪在她遺體前心如刀割。」

元珪看看錶道：「沒時間了，我要趕及在最後一天把你送交皇家香港警察。」

「好大的官威。」杜根道：「閣下忘記一件事。」

拾柒

「哦？」

杜根收淚道：「買東西不付錢，是你們那輩警察的習慣嗎？我草根出身，受過你們的氣還少嗎？」

元珪隨手掏出大疊鈔票，補牙鑲牙什麼都夠了，顯然有備而來，說：「朋友叫我『圓規』，雖然兜了大圈子，毋忘初心，履行職務，還是會回到原點的。」

「謝謝。但願將來警察也如此保境安民。」杜根倒認真點算、找續，一邊說：「貨銀兩訖。發票呢，剛才我叫陳姑娘放工先走，唯待我請律師通知她補給你。」

元珪正色道：「我現在依照香港法例第二二一章第一〇一條賦予任何人不限於執法者，在限定條件下臨時逮捕或協助逮捕罪犯的權利，簡稱市民拘捕權，送你往警署。不過，我更想以朋友身份，陪你去自首。」可望減刑，不解也明。

「好，稍等。」杜根起身，搬動椅子，站上去要取櫃頂的頭骨模型。

元珪看着他衰敗震顫的身體，走過去扶他。兩老合作，總算拿下。

杜根又拉開抽屜，元珪警惕，卻是一塊寫着「光榮結業」的牌子。記得他提及，今天過後要頂讓給人。

「我吩咐過陳姑娘，由我親手掛到門外。」杜根道。

拾捌

警署就在附近，兩人決定徒步。老漢都愛散步。

夜幕四合，遠處傳來煙花爆裂和歡呼的聲音，路上滿是年輕男女，紛紛湧向酒吧街慶祝回歸倒數。杜根和元珪逆流而上，還懷抱一個骷髏頭，畫面相當怪異，途人卻懶得理會。連日來大雨傾盆，今晚也不例外，元珪為杜根撐傘，杜根珍而重之護着模型。

元珪固然防備杜根逃脫或摔壞骷髏頭毀滅證據，卻想到：牙齒根本摔不爛的。

沒齒難忘，原來這樣解。

「圓規啊。」老牙醫忽然改變稱呼：「你做政治部這麼久，結果有沒有遇過間諜？我看，過了今晚，間諜反而更多。」

身。」

元珪無語。

「我說你運氣好啊。」杜根續道：「你被孫兒害咬崩牙，可見日常很親近；可憐我孑然一身。」

元珪嘆道：「你稍後給我令郎聯絡電話，我通知他。」

「你是他世叔伯，就告訴他老爸快死了，反正我的心已死。」杜根道：「你呢，兒孫滿堂，那個懂擺心理陷阱的乖孫多大了？」

「他呀。」元珪笑道：「才十歲，常常盤足而坐不作聲，滿腦子怪念頭，像尊佛，又像隻小狐狸……」

米字旗早已降下，警署在望。

外篇

護生手札

是後來護生實習時的事。

* * *

新來的護士實習生，不分男女都叫「細佬」，通常每科一個。女主管叫「sister」，男主管叫「阿爺」，一家人似的，據說，為營造融洽氣氛之故。

護生「細佬」之名被另一學員佔了（今屆此科共兩名實習），這細佬恰如其分生得嬌小玲瓏，五官俏麗。護生報上暱稱，大家笑說：「你注定吃這口飯嗎？知道台灣的實習護士就叫『護生』嗎？」護生懶得解釋，因為自己隨手塗鴉愛模仿豐子愷的《護生畫集》。

當然，做白衣天使也是她從幼的夢想。

但失望了。

先別說白色只配高階護士穿，眼前的制服，無帽、褲裝，沒一絲女人味。Sister 教導：

「SARS之後，醫管局為減低傳染病菌風險，已指引護士不用戴帽。」護生嘀咕：「SARS時，豈非說戴上護士帽便充滿能量嗎？」

照鏡，護士覺得自己像清潔工。何止，病人家屬甚至病人，都曾經叫錯她「阿姐」、「阿姑」。

Sister又教導：「長褲雖沒那麼斯文，豪邁些，但工作也自由些。」

想深一層，護士帽有何實質用途？廚師帽可以防止頭髮掉落在飯菜；護士帽呢，就只一張紙，根本罩不住，還容易帶菌。

護生和細佬很談得來，唯獨不參與細佬和前輩們談神論鬼。

護士究竟迷不迷信？有認為做這行厭這行，愈無興趣；有認為百無禁忌才夠膽幹下去；卻原來，人性畢竟八卦。

聽細佬轉述：「護生，你知道嗎？為什麼傳統只有女護士戴帽？阿sir（男護士的通稱）不用。因為女人陰氣呀，醫院又最死得人多……護士帽便像光環保衞我們。」壓低聲音又道：「我們每逢月經，血光更重，得小心啊。」

「南丁格爾會這樣想嗎？」護生暗忖，一邊給細佬倒杯茶。

* * *

說到迷信，醫院把血庫、太平間和 dirty room（貯放醫療廢品處）安排在地庫同層，要搭乘載貨用升降機，路徑曲曲折折，務求令訪客不致容易誤闖。

太平間就是殮房。遺體稍後交由殯儀館人員化妝，但病者生前接受各種治療，全身不少針孔，大的會流出血水，全靠護士用針線縫合，保持最後尊嚴。

這工作，約定俗成由學員負責。護生想想，也合理，哪不知厭惡性？要試便趁早試，媳婦熬成婆，將來輪到自己命令學員，倒公平。

醫院日日有人死，護生和細佬都試過了。

護生自詡小時候家政課針黹不俗，落場還是指尖顫抖。

*　　*　　*

要驚的話，巡房時，明明應該清空了的床位（病者過世移走），竟躺着一具人形物體，你怕不怕？

有經驗的護士不怕。公立醫院的醫生，尤其實習的 houseman，捱更抵夜眾所周知，累極，倒到病床便小眠片刻。

護生也不怕。因為前一刻她瞥見 houseman 在撳手機，撳手機的人會忽然一睡如死嗎？那 houseman 姓趙，曾向護生示愛。醫院裏，有醫生和護士拍拖，但並非想像般多，彼此距離太大，反而男女護士之間不少，但無關護生事了。

她心中只有佛狸。

姓趙的 houseman 大概想嚇嚇護生——他以為她見不到他，連忙上床，靜待伊人經過，彈起，surprise？擁抱。

無聊。

「趙先生。」護生不屑稱呼他醫生，在床邊冷冷道：「玩手機？棺材沒 WiFi 啊。」

＊　＊　＊

深夜，細佬負責往太平間。雖然並非第一次，但今次特別不安，整層地庫應只得她一個活人，總覺得有雙窺伺之眼……人一慌便內急，明明剛在樓上排清。

這層也設洗手間，卻有誰願去？有的，方便認完屍嘔吐的人。思念及此，細佬不禁遙望向女廁，窺伺之眼似乎來自那裏，與剛剛不同，女廁的門微微打開了。風嗎？空屋來風，陰風嗎？

細佬放棄了，也不等升降機，沒命狂奔回護士待命室。

幾位師兄師姐、護生，連姓趙 houseman 也恰巧在。細佬一口氣訴說經歷，跺腳不敢再去。

護生說：「我代她好了。」

阿 sir 說：「縫針（指對遺體）雖然並非緊急工作，總不能你推我讓。細佬，你始終要克服。」

姓趙 houseman 不知偏袒護生抑或因愛成恨，火上加油：「護生你遈英雄嗎？」

細佬漲紅臉道：「我……月經到嘛，很邪的。」

護生愈想愈不對——

- 細佬不算膽小，更絕少卸責，她應該真正感覺到什麼了吧。
- 適值 sister 和阿爺都不在，在場的資深阿 sir 亦只任職數年，換轉主管級會怎樣決定？還會一意孤行嗎？主管信有鬼嗎？鬼會襲擊人嗎？
- 換轉佛狸呢？噢佛狸……
- 佛狸不看輕任何怪談，流傳下來必定有原因，他總能找出合理解釋。
- 如果他在，他會說……

- 救命的地方，同為最不安全的地方。醫院，看似門戶森嚴，其實何來森嚴？除了醫護人員、社工、警察、殯儀業中介，佔壓倒性是病者。病者，住幾天，死掉或康復，便離開，談不上熟人，還有來來往往的親屬，多新臉孔才正常。
- 試問哪座大廈、機構、屋苑會這樣？
- 某次，來查案的探員問：「有否發現陌生人？」Sister 答：「我們這裏大多數是陌生人。」
- 而且誰戴口罩都不惹眼，這裏不會有「疑犯特徵是戴口罩掩人耳目」之說。
- 醫護人員永遠匆匆忙忙，發現可疑人物也無暇詢問。況且，何謂可疑人物？病者渾渾噩噩散步，或鬼鬼祟祟潛出室外吸煙，可不可疑？
- 忙起來，扮醫生竟沒被識破。幾年前某公立醫院便發生過。
- 做賊，躲進醫院如魚得水。
- 尤其太平間那層，即使有保安和閉路電視，驚鴻一瞥，以為自己眼花、時運低、多一事不如少一事……

● 不劫財，則宜劫色！

護生舉手道：「事情不簡單，請大家跟我來。」

姓趙 houseman 道：「啥？」

護生眨眼道：「捉色魔，你很懂。」

* * *

護生成功説服眾人：地庫的確出了問題。她認為，若 sister 和阿爺在，一聽也會採取行動，寧可信其有，不可信其無，保護姊妹們事大。

「色魔在地庫女廁。」藏匿，廁格最方便，從上下方可監視外邊，而且深夜少人敢來，大刺刺扮洗手也行，戴上口罩便不易分辨性別。深夜孤身女子光顧，簡直自投羅網。細佬剛才沒如廁，但若描述無誤，色魔應該透過門縫，伺機拉入施暴。捉賊拿贓，護生吩咐兩男兩女在暗處守候，她獨往女廁做餌。

姓趙 houseman 滿臉擔心，護生沒好氣道：「我跟男友破過很多案。」

要擔心的是，她一行近即遭拉入去，倒直接；她自行步進而沒動靜，大家才不知所措。

此刻，正正如此。護生硬着頭皮往洗手盆處照鏡，反映出來身後每一廁格皆半掩，說有人無人都可以。她保持雙手虛握垂低——她直覺，色魔熟悉醫院情況，知道護士口袋常備筆和剪刀，當然為了日常工作，但萬一遇襲，即可變防身利器。護生故意讓色魔看到她雙手沒插袋，以示不能瞬間反擊拔出利器，毫無戒備，好一頭獵物啊。

如果色魔看到的話。

對着鏡，有一刻，護生懷疑自己作為魚餌是否不及細佬吸引？

其中一廁格的門終於輕輕打開，口罩男閃出。一一逃不過護生鏡裏法眼。

護生沒傻到讓他出手以使證據確鑿，大男人藏身女廁已夠構成刑事罪行。

口罩男先想捂她嘴巴，護生卻沒尖叫——虛握着的手，內裏是蜂鳴器，一按。

嗚～嗚～

*

*

*

據説，三女之所以成姦，因為三個女人的氣力足以制伏和強姦一個男人。現在，加上護生共三個女人，還有兩個男人。當然，他們只制伏口罩男，沒強姦他。

報警盤問之下，口罩男招認是以前來過的外判裝修工。正如護生所想，他發現醫院竟乃劫

佛系推理

財劫色勝地。

真相往往如此簡單。護生懷念佛狸曾經說。

近年，公立醫院陸續改為非探病時間鎖上廁所。

特別收錄

紙為媒

婆婆什麼都好，就是公公眼神不老實。

「一份一份來。」婆婆管着幾疊紙山低聲吆喝：「每人限取一份。」視線跨越長長人龍，遙遙可瞥見那高大老頭正一份一份接過。不知算同行抑或敵國，每天清早，婆婆在港鐵站入閘口派免費日報，公公在另一端出閘口推着小鐵車向乘客招手，示意讀畢請交過來，「好過丟入垃圾桶呀！」偶然傳來他這樣點頭笑說，帶北方口音。

婆婆總覺得公公笑容很賊，而且跟自己作對。「我不斷派，你不斷收。」想到大好新聞紙下一步立即送往廢紙廠，婆婆更恨了。「不過，我就像廚師，人們吃完精神食糧，吸取養分，才排出來，並非毫無意義。那傢伙負責倒糞便而已，我比他高級得多。」婆婆如此自我開解，不禁為這般巧設比喻洋洋得意。

紙山和人龍都漸見底，婆婆眼尖問一名馬臉大嬸：「你不是拿過了嗎？」馬臉大嬸吃吃笑道：「嘻，我依足你規矩，由頭再排一次的。」婆婆釋懷，一邊開始收拾。馬臉大嬸沒急着走，搭訕道：「婆婆真本事，自食其力。我說你，就不能鬆動些、任人攞多幾份嗎？」

「別貪心啦。」婆婆說：「東家請我時，千叮萬囑要每份親手交到讀者手上，不能浪費。」

馬臉大嬸不服氣：「那是報館裝模作樣吧，根本，務求愈多人攞愈好，好賣廣告罷了，哪管我其實不識字拿回家墊灶底？再不然——」歪着頭把嘴一努，續道：「直接盡送給他，更快捷。」

婆婆循她方向，剛巧與收紙公公目光相接，那傢伙竟又在賊笑。

婆婆沒好氣，從懷裏掏出一枝紅筆，邊啐啐唸：「這是新聞紙，不是廢紙，用來看的。」

馬臉大嬸道：「你留起一份沒派？咦，你在做什麼？」

「校對啊。」婆婆托托眼鏡，紅筆不停圈圈點點，續道：「別瞧我寒磣，婆婆年輕時主編過學生報，老師贈給我墨水筆，如果不是遭逢戰亂走難南來？哼哼。你看今時今日的編輯記者們，滿紙錯別字，還敢印刷出來荼毒讀者。不妨告訴你，婆婆的寶貝孫女正在讀大學傳理系，待她畢業出來便能改善質素了，待她畢業便會好……」

*

*

*

婆婆什麼都好，就是腿不爭氣。

這幾天風濕發作，不得不由堅持親手派發，變成倚靠紙山借力，卻毋忘管着每人限取一份。

「我說你啊，」馬臉大嬸這天又來搭訕：「別死心眼，你看排隊的盡是我們這年紀，後生都撳手機，你這工作怕做不長了，站一整個早上太難捱，不如偷偷轉讓些給他，分錢更好。瞧，人家打你主意。」說時歪着頭把嘴一努。

婆婆循她方向，剛巧與收紙公公目光相接，對方像聽得見，指着小鐵車賊笑。

「這豈不是同流合污？我好歹也算新聞工作者一分子，哪似得那傢伙在港鐵站鬼鬼祟祟？」

馬臉大嬸低聲說：「你有些行家都這樣幹了，管工的不會常常來看太緊，多筆外快，又可以早些休息，省時省力。」婆婆拿起紅筆批改新聞頭條的錯字，喃喃道：「我孑然一身了，還要給乖孫女做好榜樣。」不再理她。

馬臉大嬸離開後不久，一抬頭，竟見公公推着小鐵車在身旁垃圾桶撿拾。「敢來踹場子？」婆婆暗忖，一邊環抱剩餘的報紙。

「敬惜字紙啊，那些人揭兩揭便丟棄，有真正看過嗎？」公公像自言自語又像故意提高聲量：「在我們鄉下，拿有字的紙來擦屁股，今生今世別指望讀得成書，連當柴來燒飯都不敢。」

婆婆想起自己曾恰恰視他如掏糞便，偷偷好笑，不禁接口道：「柴火燒的飯才香呢。」

一個人吃飯真寂寞……

公公盯着她道：「新世代嫌燒柴不環保，其實這樣浪費紙張，才不環保。」說時又指指小鐵車。

「你休想！」婆婆把報紙抱得更緊。

*

*

*

婆婆什麼都好，就是世界不好。

孫女傳理系畢業了，卻當起手機店員來，學不以致用。婆婆獲悉，本來已經無力的雙腿愈發站不穩了。孫女安慰道：「佣金很好賺呢。」

聽馬臉大嬸聊起，新聞界愈來愈難經營，免費報紙靠廣告，朝朝排隊去攞的卻多數耆英，商家嫌耆英欠消費力，作為目標客戶的年輕人又乾脆懶睇字，於是廣告漸漸少，報館漸漸不招聘生力軍……

「那我還派不派好？抑或任人拿去墊灶底、直接當廢紙回收算了？」

這天想得身心俱疲時，公公賊笑拉着小鐵車一步一步走來，還終於大膽發話：「你要不要……」

婆婆長長嘆口氣，別過臉，把手邊的大疊報紙一送，說：「不要了，拿去吧。」慚愧的樣子竟有點像少女害羞答答。

公公瞪眼道：「我問你，要不要坐上我車子歇歇啊？我每次見你站得腳瘦，便指着想你坐。」

婆婆呆了。

公公撥開報紙說：「我不要這些，我要你。我打聽知道，你和我一樣沒老伴了。我見你會批改文章，我年輕時也投過稿，我給你看看好嗎？我還會上山拾柴燒飯。來，先坐下來，我推你去看推拿。」

* * *

孫女未畢業前，曾經教婆婆：「新聞放上手機才多人睇，現在不一定印刷了，那叫紙媒。」

婆婆笑說：「紙媒紙媒，紙能做媒人嗎？」

* * *

佛系推理

報紙是媒人，小鐵車是花車。

婆婆終於走不動了，公公推着她環遊世界。

（原刊於二〇一八年十二月八日《信報．小說港》）

特別收錄

棋王

「看樣子雨是不會停的了，讓我說個故事給你聽。」

「說故事？」

「是呀，說出來見笑，我正計劃寫一篇小說，想先聽聽你的意見。」

「那太好了，題目是什麼？」

「打算叫做《棋王》，好嗎？」

「下棋的王？」

「對，象棋。」

「記憶中台灣和大陸都有人寫過，你準備跟他們有什麼不同呢？」

「我想，既然題目是棋王，就應該老老實實地寫他怎樣下棋，怎樣戰勝對手，不一定要有什麼大道理的——大概是這樣。」

「我知道你很喜歡下棋，但是，今天對象棋有興趣的人已不多，你有把握將對弈的過程寫得有聲有色吸引到讀者嗎？」

「這正是我要請教的地方。」

「還有，你如果只着重實戰描寫，可能會吃力不討好，到頭來不及一個棋譜來得清楚……」

「等等，忘了告訴你我寫的這個棋王是從不看棋譜的。」

「那倒有趣，你打算描述他已經是登峰造極，根本不用看嗎？」

「天曉得，反正是他告訴我的——他，棋例是從一副塑料象棋所附着的說明書裏學的，除此就再沒有看過一本關於象棋的書了。」

「你說他告訴你，那麼這棋王是真有其人的了？怎樣認識的？」

「他是我中學同學。怎樣？你也是懂得下棋的，應該知道要訓練棋力，不看譜差不多是不可能的呀，算不算一點特色？」

「大概是的，不過先別研究這些，告訴我他的名字，他是什麼錦標的冠軍。」

「他從來沒有參加過什麼賽事，你不會聽過他的名字。唉，如果不是我，他可能已成為名副其實的棋王了。」

「哦？原來他只是你中學的棋王。」

「……」

「每間學校都總有一個下棋最好，不能都稱為棋王吧？用他當主角，你得想想憑什麼引人入勝了。」

「不，棋王的戰績還不止這些，他的棋局如果我有記下來，現在拿來與一級棋手的對局比較，可能不值一哂，可惜我當時不懂記，甚至對他每局的殺着也不太了解，但是在我心中，他的確就是理想中的棋王，這感覺，是很難令你明白的。」

「嗯，如果是真的，這一種感覺倒是可以擴大成為你小說的重心，小說本來就是要讀者明白作者一些感覺。來，先別爭論，從頭把故事說給我聽聽。還要茶嗎？」

「從頭說起？……我也想過下筆時用順敘法會比較清楚，你說是嗎？對，我還是用『棋王』稱呼他好了，其實我已經許久沒有他的消息，如果我寫的東西有一天僥幸發表了，不知道他會不會介意，所以……」

「隨你喜歡。」

「是這樣的，我在中三時認識棋王，那時他剛從別處轉校過來。」

「很孤僻？」

「不能説是，因為未習慣而比較靜吧。中學生，總離不開是一塊吃飯遊玩談笑。那時，我們都很普通。」

「何時發現他的天才？」

「那次學校的秋季旅行因為下雨臨時取消，雨下得很大，像今天。全班呆在課室裏，老師坐在前面批改作業，算是監管着。交談是可以的，但不能大吵大鬧。不知過了多久，棋王忽然拿了一盒象棋出來。後來我才知道他每天都把它放在書包裏。」

「你是同學中跟他最好的？」

「可以這樣說。如果沒有那場雨，誰會靜靜坐下來一局呢？我想棋王也懂得，所以平時沒有邀我。各種棋子的着法我是記得的，怎樣算是絆馬腳就有點茫然要問他了，他仔細解說了一遍，然後輕輕說：『不是太困難吧？只要不悔棋。』」

「然後你輸了？」

「輸。那時也不太佩服，只覺得下棋不是勝就是負。周圍的五六個同學正百無聊賴，紛紛摩拳擦掌，可是棋只得一副，於是我們約定輪流比賽，勝方留下來，這算是擂台制吧，沒料到棋王根本是不會敗的，到後來反成了車輪戰。我和那些同學一樣，小學便學會下棋，但看着棋王巧妙的走子方法，又好像接觸一套陌生的玩意似的。」

「那時覺得他的棋力怎樣？」

「簡單來說，我幾乎無法令他走一着我心目中他會走的棋，例如我用砲瞄他的車時，我以為他會這樣避的，他卻另有着法，而且往往反客為主，轉守為攻。甚至我在大勢已去，以為他必會如此照殺的時候，他也好像永遠有更快的殺着，永遠是我意料之外的。」

「時間呢？每局用多少？」

棋王

「很快，大約十分鐘，我和那些同學因為不懂下而下得快；棋王也因為我們的不懂下而下得快。當然，他是每局都讓先的。」

「於是，他就成了棋王？」

「不止那麼簡單，如你所説，每一群中學生都總會有一個下棋最好，這原沒有什麼稀奇，我想，主要還是由驚動了老師開始的。」

「就是監堂那位？」

「正是，我忘了告訴你那位老師是女的，很年輕，説來也真漂亮。她看到我們下棋可沒有阻止，還説是有益的活動，後來大概奇怪總是一個同學長勝，便走了過來看，一面還笑説自己也很喜歡下棋。不知是誰忽然説：『老師也來一局吧！』大夥兒跟着附和，於是順理成章便是一場師生大戰。説實的，大家都在鬧着玩，老師也是希望做到師生打成一片之類吧。」

「結果老師輸了？」

「老師的棋藝也真不賴，我冷眼旁觀他們的一攻一守，覺得比自己下還要有趣。中局以後，老師漸漸落於下風，開始猶豫不決，有一着已放定了，幾秒後忽然又迅速將棋子放回原處，這時我看到棋王正要伸手走了，皺了皺眉頭，然後靜靜地說：『老師，這一局不下了，算和吧。』低頭便收拾棋子。班房霎時靜下來，一些原來沒有過來圍觀的女同學也紛紛走來，大家交頭接耳，都不太明白。老師看着他慢慢拾棋，忍不住說：『你這麼沒體育精神，不如認輸好了。』說完便起身離開，棋王忽然抬頭說：『不，我是不會輸的。』老師回過頭來，下課的鈴聲也響起了。」

「一次悔棋真是這麼嚴重嗎？」

「你馬上想到是因為悔棋？說實話，我當時完全不明白。後來我問棋王為什麼不可悔棋，他說即使不為尊重對手，舉手無回也能迫使自己每一着都出於深思熟慮，只有這樣才會下出好棋。」

「難道你們都從不悔棋嗎？」

「是的，我的棋藝到今天也談不上什麼，還可以自豪的就是不悔棋不怕輸，都是他教我的。他雖然教我不要怕輸，我卻從沒見他輸過。」

「這些話本來就留給勝利者說的。」

「……」

「自此你們就崇拜他？」

「偶像——如果電視上唱歌演戲的也算的話，我很難說他不是。我還記得第二天我就跑到圖書館，一口氣借了三本象棋入門的書來鑽研，還急不及待告訴了他，他卻不太高興地說懂得棋例就可以了，我心裏不太同意，可還是常常向他討教。其他同學雖然不像我一般着迷，然而每隔三數天，下課後或小息時會有人來索戰的。由於棋王戰無不勝，連高年級的『師兄』也慕名而來了。」

「那位老師呢？」

「沒什麼。自然，對棋王是很難再有好感的了，倒是一個『師兄』的慘敗，引出了跟校長的一戰。」

「是不是連校長也得罪了？」

「你先聽我說，我中學的棋藝會是由校長主持的，聽說他在業餘棋手中也頗具名望，有一年社區中心辦老人象棋比賽就是請他當顧問的。至於那個『師兄』正好是棋藝會的中堅，敗了給棋王後又被我們一個同班同學嘲笑了幾句，所以……你應該明白了吧。」

「嗯，我反而有興趣知道，作為校長怎樣向一個學生挑戰。」

「讓我回憶一下……那天午飯後我正在跟棋王對局，還有幾個同學在觀看，忽然一個高大的身影蓋過來——那便是校長了，他當時只對棋王說：『聽說你很會下棋，下星期到棋藝會來吧。』話裏要較量的意思已經很明顯了，於是，什麼『校長棋王約誓一戰』的消息便迅即沸水般傳開了。」

「校長說完便離開了？」

「是。」

「如果他多看一會可能要後悔了。」

「我也是這樣想，校長由始至終都有點輕敵——還是從頭說起吧，到棋藝會聚會那天，我們擁着棋王，一下課便趕到活動室，人愈來愈多，不久校長也到了，棋王一直表現得很冷靜，

棋王

大家都明白今天只有一個目的，於是比賽的桌椅安放好了，圍觀的圍着棋盤坐了兩圈，然後便關上窗和門，拉上簾幔。幸好沒有規定只准會員入場，不然……我們都會馬上入會。」

「賽制怎樣？」

「談不上什麼賽制，校長始終抱着指導的心情，只說先來一局看看吧，後來猜子決定棋王先行。這時只聽到兩個『師兄』在交頭接耳說：『校長擅用屏風馬，至少能夠穩守。』」

「屏風馬局……棋王是怎樣破雙馬的？」

「很簡單，你猜。」

「至少能守一段時間……」

「不，棋王第一着便吃了。」

「第一着，怎可能？」

「有可能？只有一個。」

「難道是用砲吃馬？」

「對，當時棋王想也不想便飛砲打了左邊的馬，大家都很詫異，竊竊私語起來。校長想了片刻，自然是橫車把砲殺了，不料車才剛放定，棋王立刻用另一支砲一模一樣地打下右馬，那時真像連響兩下砲聲。棋王臉上卻依然冷靜。這一下校長也緊張起來了，又是橫車殺砲。走了四着，雙方各自損失了雙砲和雙馬，棋王卻陣勢突轉，一力穩守，小心兑子，到後來校長竟應了『殘局馬勝砲』的老話，敗了。」

「真的？有這麼的棋理嗎？」

「我正想問你，你的棋力比我高，要不是我親眼看到也不相信，只可惜我當時沒有把對局仔細記錄下來。我這樣寫出來，讀者會相信嗎？」

「即使要破屏風馬局也不可能用到這樣的方法，棋譜《橘中秘》就一再強調砲的戰鬥力比馬強，除非……棋王的棋實在要比校長好上很多，就是讓上一馬或一砲也能穩操勝券。他是故意為自己出難題？」

「有道理。」

「不妨這樣假設吧。校長怎樣？」

「氣不過走了，那時我們差一點便要歡呼起來。」

「如果為了揚名，他是達到了。」

「是的，自此，學校裏即使只知道桌球而不知道象棋的也知道他的名字。有些女同學還半認真地說要跟他學棋，現在想來還有點妒忌。」

「這故事還算有趣，不過現在寫小說要講究人物的深層刻劃，說了這麼久，棋王的形象還未夠深刻，可不可以多些心理描寫？」

「真的要嗎？讓我想想……我只到過他的家一次，就在跟校長比賽後不久，為了一些功課上的問題而去的。當時家裏只有他一個人，很普通的家，桌上擺着一盤殘棋，原來他正跟自己對弈。真的可以嗎？」

「總有些人可以吧。」

「我再問他是不是常常這樣，他說通常會跟弟弟下。那天我們又來了幾局，他似乎心情很壞，殺子很兇。後來他說要到外面走走，我跟着他到一個公園，涼亭裏有很多老伯在下棋，棋王主動挑戰，他們是賭棋的，五元一局。這些老人家『觀棋不語』是不可能的了，『舉手無回』卻奉若神明。打敗了幾個後，終於引出了最強的一個，然後也給打敗，這時棋王回過頭來對我說：『要是我玩的是圍棋，又身在日本，會是怎樣？』」

「……」

「他用贏回來的錢請我喝汽水，坐在公園的長凳上，不時遠望那些老人。這時太陽漸漸西沉，我問他有沒有想過參加比賽，他說：『拿幾面錦旗有什麼意思？』」

「問題是象棋在香港的地位。」

「最後的日子到了，或許真是我們錯……那年聖誕假時，忽然有一個同學來告訴我說：『棋王這回遇上敵手了！』原來那個同學的舅父剛從內地到來，他是個棋手。」

「棋手？」

「是職業棋手，我在一本大陸的象棋雜誌見過他的名字，只是來到這裏自然沒什麼可做，寄住在親戚家裏——那個同學的意思就是邀他們來一次較量，我也覺得這是考驗棋王棋力的好機會，於是搖電話給棋王，棋王在電話裏很興奮，還有點戰戰兢兢，還記得最後我這樣說：『看些棋譜吧，對你可能有幫助的，你有很多妙着我在那裏看過。』」

「嗯……」

「因為放假，我不知道那段日子他在做什麼。所謂比賽也沒有刻意安排場地，就在同學家中『舉行』，地方不算大，那天竟也容上了十多個觀眾，有四個是女的。我特別留意那位棋手——三十來歲，很瘦，只會說普通話。還有桌上隨意放着的一盒象棋，忽然想到世界盃決賽所用的皮球，其實並不比我們踢的名貴多少，但它在那時的滾動卻比它本身的價值重要得多……」

「就好像這一回那副象棋的將和帥？」

「真的。到了下午三時半，棋王還沒有來，大家叫我搖電話找他，他竟然在家。我一開口便責怪他不應該不重視這件事。他這樣說：『不，我重視得很，我第一次拿棋譜來看。你說得對，我有很多自以為很巧妙的走子方法，原來早已是前人試過的，我走來走去，卻都是別人的路。』那時我不明白，只是催促他來，他只是不肯。我忽然靈機一動，提議他叫弟弟來，能夠跟他切磋的大概也不弱，聽筒裏傳來苦笑的聲音說：『他最近迷上了電視遊戲機。』終於，我掛線了。」

「你真的信他是第一次看棋譜？還是根本他怕輸，以此來掩飾？你知道嗎？那個拳王所以不敗，因為他常常避免挑戰。從另一方面來說，英雄所見略同，不是很好嗎？」

「也許你猜對了，又也許你的價值觀才是正確。不過棋王卻自此不再下棋——至少就我所知。起初大家很詫異，漸漸詫異也消失時，棋王又變回很普通了。到高中派位時，他的成績很差，又可能加上跟校方的關係不太好，終於離開了。他竟不再下棋。」

「那場比賽也就此收場？」

「也不是的。當時我只覺得屬於我們的一個階段要結束了，草草向大家解釋一遍後，便向那位棋手要求賜教一局。他很慈和，讓我先手——可能有些人已料到我會怎樣——一口氣打了一雙馬，對方自然很驚奇，更令他驚奇的是圍觀的人竟沒有一絲驚奇。原來再新鮮的事見了兩次便是平凡。後來我自然大敗，大家又討教了一會。至於那兩隻馬我愛不釋手，終於帶了回家。」

「偷？」

「你不會明白，那是我從一級棋手掌中擒來的俘虜，我到今天還保存着。」

「但你有沒有想過對手也是立刻殺了你的雙砲？」

「只記着勝利的，誰不是棋王？雨還在下，我們的故事卻說完了，該怎麼辦？」

第十九屆青年文學獎小說高級組冠軍作品

錄自《第十九屆青年文學獎文集》

青年文學獎協會授權轉載

不是後記

想說的只是，推理真難寫。

「天眼」恢恢、科學鑑證，愈來愈少完美犯罪的事，自然也愈來愈少作家的事。滿紙DNA、纖維、GPS定位、化驗云云來破案，是知識，不是智慧，兼違反資訊公平原則。

所以，近年日本小說界訴諸「日常推理」和懷舊風，才有偵探立足餘地。《佛系推理》也如此，場景設定於哪間大學，一望即知，其中一條辮、六指惡魔、牛尾湯、荷花池女鬼以至在宿舍用定時裝置觸電自殺等，都確有出處。時間理論上算現代，但我故意少提電子產品和新科技，依賴手機溝通，何來針鋒相對的對白？硬要寫實的話，如今人馬倥傯、步伐急促，何來山居閒情？

我畢竟寄託自己青葱歲月在內而已。

（以上原刊於二〇一九年五月十八日《信報・小說港》）

我替《信報》寫稿始於雜文《後不變期》，再加料時，我想寫小說，於是有了《小說港》第一篇〈我想寫小說〉開場白，原意各類型都寫，所以第二篇是與《佛系推理》完全無關的社會小品〈紙為媒〉，連同我學生時代的〈棋王〉，一併收入「特別收錄」中，列在最後，其實最早。

〈棋王〉是第十九屆青年文學獎小說高級組冠軍作品，曾在《星島日報》刊登及由當屆編委結集，絕版多年，感謝《信報》同事奔走，才重見天日。少作青澀，改無可改，留個紀念。

對，後來我專注推理，《小說港》很快淪為《佛系推理》別名，因為我偏愛懸念，甚至覺得無懸念不成小說。恩師張雙慶教授序文提及的話本〈杜十娘怒沉百寶箱〉，也含解謎成分。

張老師當年教我古典小說課，令我獲益良多。中國古典小說（尤其短篇）手法多變，不讓西洋專美。《佛系推理》加插大量文史元素，較少行家觸及過，復古倒算創新。我姑且讓廿一世紀的大學生投射成才子佳人。

〈沒齒難忘〉跳回五十年代，主角暗示是佛狸的爺爺，沒點明。《信報》長期讀者可能會知，至今報上已連載到爺孫倆聯手，新案件陸續登場。

〈護生手札〉從未刊登過——《信報》總編輯郭艷明小姐提醒我，出書總要 add value，遂有了這未來式 bonus 故事。

以上兩篇分別屬於過去式和未來式，所以歸入「外篇」。

思前、想後，尚有佛狸的身份之謎待揭開。

末了，謝謝畫插圖的小白，他是我每周見報前第一位讀者。張老師則是我今次出書前第一位讀者。還有信報出版社的李海潮先生、關詠賢小姐、Denise、編輯部美術部仝寅及日報的 Sunny 和 Louisa。

謝謝他們，謝謝大家！

佛系推理

作者	余家強
插畫	小白
出版經理	周麗琴、關詠賢
編輯	張宇軒
設計	joe@purebookdesign
作者相片攝影	陳智偉
封面相片	www.istockphoto.com
鳴謝	青年文學獎協會授權轉載〈棋王〉
出版	信報出版社有限公司 HKEJ Publishing Limited
	香港九龍觀塘勵業街11號觀塘聯僑廣場地下
電話	(852) 2856 7567　　傳真　(852) 2579 1912
電郵	book@hkej.com
發行	春華發行代理有限公司
	香港九龍觀塘海濱道171號申新證券大廈8樓
電話	(852) 2775 0388　　傳真　(852) 2690 3898
電郵	admin@springsino.com.hk
	台灣地區總經銷商
	永盈出版行銷有限公司
電話	(886) 2 2218 0707　　傳真　(886) 2 2218 0704
出版日期	2019年12月初版
承　　印	美雅印刷製本有限公司
	九龍觀塘榮業街6號海濱工業大廈4樓A室

定價	港幣 $88　新台幣 $390
國際書號	ISBN 978-988-74175-1-4
圖書分類	1) 推理小說　2) 流行讀物

信報出版
HKEJ PUBLISHING